伤口愈合中

노랑무늬영원

[韩]
韩江
著

崔有学 译

国文出版社
·北京·

目录

作者序 ...01

在天亮之前 ...001

伤口愈合中 ...031

木卫二 ...053

罕萨 ...085

蓝色石头 ...109

左手 ...133

黄纹蝾螈 ...183

作者序

这一次小说集的整理出版，我用了整整十二个年头。

也许是时间尺度跨越比较大的缘故吧，小说集的整理过程更像是一场告别仪式，有种沉重却又不乏轻松的感觉。

短篇小说与火柴有相似的地方，

先是将火柴划着，然后用全身心的气力去守望它直至它燃尽为止，

那一次次的瞬间都化为无形的力量，助推我向前。

向长久以来关注着我的各位读者，

向在我写作过程中给予我可贵帮助的朋友们，

向为小说集的出版发行付出辛勤汗水的文学与知性社[1]的各位编辑，

低头致以诚挚的谢意。

二〇一二年 秋
韩江

---

[1]《伤口愈合中》韩国的出版机构。——译者注，下文同

作者序

　　这些小说的创作都是自发的，并未接到任何方面的约稿。一个人写完后放进抽屉，然后每次想起之时就会拿出来改一改，或许是每次写完一部小说都要用时几个月的缘故吧，就有种将自己也写进小说里的感觉。虽然说不上是直接植入了个人的经验，但依旧有无法追回的情绪渗透了进去，有时是厚重的，有时是恳切的，有时还出奇地鲜明，伴着扎心的剧痛。

　　我知道，写这些小说的十二年时间从此一去不返，我与书写这些小说时的那个无比鲜活的自己也将无法重逢。我认为那些事实不该被遗忘，这些也不该成为作别的话题，因为我是个只要还活着就要不停动笔写作的人。

　　文学与知性社的各位编辑给予了我这一次总结这段创作生涯的宝贵机会，向你们长久以来的关怀致以诚挚的谢意。

　　向欣然为这本小说集韩文版封面提供自己摄影作品的摄影作家李贞真（Lee Jungjin），致以诚挚的谢意。

　　　　　　　　　　　二〇一八年秋，在一个阳光灿烂的下午
　　　　　　　　　　　韩江

在天亮之前

不知道为什么偏偏在今天想起那只鸟。

那是去年十二月，在零下十五摄氏度的寒潮刚刚消退的周日下午看到那只鸟的。在人行道拐弯的地方，在一片结霜的草地边缘，那个家伙把脸埋在胸前死了。是一只鹤科白鸟。

它应该是在这次的寒潮里冻死的，记得我当时是这么想的。和我在一起的润迅速伸出手去想要摸那只鸟。我抓住了他的手。

"不能摸。"

"为什么？"

"没看到它死了吗？"

"死了就不能摸吗？"

我默默地牵着润的手从鸟的身边经过。走了十多步后回头一看，雪白纤细的翅膀依然在草丛边缘蜷缩着。

＊

据说是二十六岁。也没有丧主。都没来得及抬头看一下遗像，便慌忙磕了两下头，转身穿上了皮鞋。就在那时，恩熙姐姐推开玻璃门进来了，看起来是刚从厕所回来。她红着眼眶和脸颊，看起来很陌生。对于身材矮小的她，丧服裙子太长，虽然用绳子绑住了腰，但还是拖在了地上。当我靠近她并把手放在她肩膀上的时候，她哭了。这是我第一次看到她的眼泪。她向我讲起了弟弟。

"和我聊到早上七点，他说肚子疼，让我上班时顺路带他去医院。我说因为要迟到了不行，便给他留了两张一万韩元，让他坐出租车去医院，还对他发了脾气。这个罪，该怎么算呀？"

他是与恩熙姐姐相差六岁的唯一的弟弟。死因是急性腹膜炎。那天上午十一点左右，恩熙姐姐的母亲（两年前已失去丈夫，腿脚也不方便）发现了他，他在自己的房间里失去了意识，母亲赶忙叫了急救队，结果他在六个小时内便失去了性命。

"那张照片，是他去年带妈妈去济州岛时拍的。有点太对不上焦点了吧。但怎么找也只有那张照片拍得还可以。"

她抽泣着继续说遗像的故事，仿佛只有那件事才是要尽力解释的事情一样。因为不能讲实话说没有好好看过那张照片，所以我反复说"没关系，那是一张不错的照片"。直到我黑色罩衫的胸部上部被湿透，才发现我一直用双臂紧紧地抱着她的肩膀。

那已经是六年前的事了。

*

用电话办理了扣除十多万韩元手续费的机票退款手续后，回到客厅的书桌前坐下。可以看到阳台外结冰的停车场，被雪覆盖的山，仿佛烧焦的如灰一般的树木。已是二月中旬，马上就是春假，零下二十摄氏度的寒潮再次来袭，润就读的小学一大早就发来了集体短信，要求晚一个小时上学。

在这寒潮前，本打算今晚九点从仁川出发，经由新加坡，明日凌晨到达一个一年四季都是夏天的城市。这座城市之前因为长期的军部独裁而遭到封闭，现在正逐渐开放。那也是披着明亮橙色僧衣的僧侣们，于凌晨托钵的城市。为了在那里度过一周，我在行李箱里准备了夏天的衣服、防晒霜、应急药和驱蚊喷雾。恩熙姐姐通过邮件拜托我带过去的只有两本用母语写的书，不过行李箱里我放了在市内书店挑选的五本书和烤紫菜、红参精华。

听到恩熙姐姐的消息是在昨晚十点左右。我不在的时候，本来是请最小的妹妹来照看润的，但当我给妹妹打电话说旅行取消了的时候，妹妹吓了一跳，问我发生了什么事。我推托着回答："等见面后我会详细说的。"然后我又说，"虽然旅行取消了，但我有急事要出去一下，你明天能尽早来吗？"我挂断电话，在客厅中间站了一会儿，然后打开躺在门廊上的行李箱，开始把行李一一地搬回原来的位置。一直在自己的房间偷听的润涨红了脸，跑出来喊道："真的吗？妈妈真的不去旅行了吗？"

润上完缩短课程[1]回来的时间是十二点三十分左右。妹妹是中学合同制教师，她说可以在下午五点前到。因为堵车，现在无论去哪里都是很难的。我打开笔记本电脑，准备重新阅读昨晚本应寄给编辑的稿件。但在翻过第一页之前，我意识到这个稿件写得很糟糕。我浪费了很长时间在没什么价值的东西上。如果昨晚没有听到恩熙姐姐的消息，我会毫不怀疑地把这篇稿子交出去，然后出国。但她的消息穿透了我的意识，给我的意识凿出了一个洞，也擦亮了我的眼睛。

1　缩短原有授课时间的课程。

但现在这些并不重要。

*

寒潮接连几天都没有退去,反而更冷了,首尔的街道像冰冷的地狱一样越来越脏。人行道上的积雪没有融化,上面满是貌似熏黑的污垢、冻结的垃圾和痰。如果不想滑倒,就要迈着窄步子走路。意识到恩熙姐姐的脸隐隐约约闪现在眼前,我继续走着。

弟弟出殡的时候,恩熙姐姐没有哭。她的母亲没有参加。恩熙姐姐一个人直挺挺地站着,按照殡仪馆的指示往酒杯里倒了酒,哗啦哗啦地拿起勺子和筷子又放了下来。两天之内,她的脸瘦得像骨头上盖了一层薄皮。在那么短的时间里,所有的表情都被磨光了,好像只剩下一块无法承载任何感情的坚韧的皮。和恩熙姐姐突然对视的时候,她并没有把视线从我脸上移开,但也没有看着我。小心翼翼地先将视线移开的人是我。

我用熟悉的步子走进步道。由于是日常的上午,再加上突如其来的寒潮,森林里几乎没有人迹。步道上印着大大小小的鞋印,围着低矮围栏的草地内侧的雪上面零星地印着小动物们的脚印。

在看到那只鸟的街角,我停下了脚步。鸟早就被清理了,而在那个平坦的地方现在已经积上雪了。我看着积雪因流出水分而产生的细微的洞，上面像涂膜一样散落着针叶树的叶子。我抬起头来，确认那些叶子是从冷杉上面掉下来的，那些高耸挺拔的树的树干与枝丫上，也结了冰。天空湛蓝，冰冷的阳光环绕着树梢的轮廓。我仰头看了一段时间，居然觉得它们很美，并发觉自己居然如此冷酷，完全忘记了恩熙姐姐。

*

我掸掉长椅上的积雪坐了下来，望着羽毛球场。管理员在初冬时就把网都收走了。铺着细沙的地面被厚厚的积雪覆盖着，光秃秃的悬铃木沉默地围着球场。

去年夏天，我和润在那棵悬铃木的树荫下打羽毛球。因为两人的实力都很差，所以尽量给对方打高球，让对方可以从容地把球打过来。我和润就这样你来我往地打球。白色的羽毛球从空中飘落时映入眼帘的天空和叶子、正确击出时在球拍中央感受到的弹性，和在不小心没打中球后与润一起大笑的瞬间，都显得那么美好。在某个酣畅淋漓地打完球回到家的晚上，我给恩熙姐姐写了封电子邮件："姐姐在的地方总是夏天吗？我很好奇。如果生活在四季不变的地方，在这样的热气、汗水和阳光中生活，会变成什么样的人呢？"像往常一样，恩熙姐姐在三天后确认了邮件,并给出了简洁的回复:"快点健康起来,买机票到我住的地方来。你要亲身经历一下才能感受到,我用语言无法解释。"

恩熙姐姐大学毕业后就进入了杂志社,工作了近八年之久。辞职是在她的弟弟举行葬礼的那年秋天。她的理由是想休息一下,她从原来的房子换到了小一些的房子,卖掉了车,年末独自去长期旅行了。第一个旅行地是尼泊尔。她在可以看到安纳普尔纳的博卡拉招待所停留了近两个月,在没有行李员也没有导游的情况下,完成了一个多月来最长的喜马拉雅徒步路线。这是一场从一开始就没有特定目的地的旅行,如果遇到合意的小屋,她就会无限期地停留,一整天都仰望冰山。回国没多久,她就来到我家里,把五颜六色的木刻娃娃和装着皮笔筒的纸袋递给了我。在不到五岁的润不断妨碍我们的情况下,她仍然用那张明朗的脸讲述了她的各种旅途趣事。在润睡午觉时,她随口淡然地说:"我迟早会再离开的,这次回来后,更坚定了我的想法。"

恩熙姐姐不是一个喜欢旅行的人。我们同在一个职场,在我作为后辈工作的这三年里,她是最讨厌突然被安排出差的人。她连人们羡慕的纽约等出差地也不愿意去。她更倾向于不慌不忙地按时上班,上午结束会议或邀请等工作,简单吃过午饭后在公司周围的住宅区散步，从下午到晚上集中精力写报道的规律生活。在没有外勤的日子里，她几乎都是按照这个节奏生活的。即使在大家都处于恐慌的收尾时刻，最沉着冷静的人也是她。为了做到这一点，她反而习惯性地牺牲了个人约会或业余生活。

恩熙姐姐用浓密乌黑的刘海儿遮住额头，后脑勺剪得像少年一样短。一如既往地戴着塑框眼镜，本就圆圆的、稚嫩的脸让她看起来像个顽固的女高中生。她不喜欢装修华丽或小菜太多的餐厅，根据季节选好三套左右的衣服轮流穿。她曾经告诉我，如果情况允许的话，会继续学习，也许这更适合她。记得有一天，我在地下通道出口看到她上班的背影，在忙碌的行人中，她像出来散步的人一样，像在保护缓慢而易碎的沉默一样，小心翼翼地走上了楼梯。

但是恩熙姐姐从去尼泊尔旅行开始，成了一个一年中一半以上时间都在国外漂泊的人，这实在是令人意想不到的变化。她写的书一直卖得很不错，文章清新自然，配图拍得也好看。第一本游记的副标题是"冰之旅"，记录了中国的云南和西藏，以及尼泊尔的雪山及其下面的村庄。书的勒口处印着一张以冰峰为背景的侧脸照，照片里恩熙姐姐戴着藏族五颜六色的帽子在微笑。第二本游记的副标题是"沙之旅"，记录的是塔克拉玛干和戈壁沙漠及其周边的绿洲城市。在用远景拍摄的勒口处的照片中，恩熙姐姐穿着白色宽松的薄纱衬衫，站在沙丘边，帽檐宽大的草帽几乎遮住了她的脸。在那本书的结尾，她写到，接下来她想体验一下亚洲最炎热的国家。她开玩笑地补充：看来只有自己觉得冰—沙—密林的旅行顺序是合乎逻辑的。按照约定，她在三年前润上小学的那个春天去了印度。当时我因为一些小症状去了医院，意外地开启了与病魔做斗争的时期。

时隔一年多从印度回来的恩熙姐姐，原本矮小的身体变得更瘦、更结实了。在一楼咖啡厅等我的她看到我笑着站了起来，但表情马上变得僵硬。

"你的脸怎么变成这样了？"

我不慌不忙地告诉她我这段时间的抗癌过程——五个月前完成了第四次也就是最后的抗癌治疗——但没跟她讲在这个过程中我和他分手以及只剩下我和润两个人的事情，我打算推迟到下次再跟她讲。因为运气好，所以整个过程还算不错，几年前在亲戚的强烈劝说下，我不情愿地买了保险，这对我帮助很大。听完我的话，恩熙姐姐没再说什么，只是用她的双眸直视着我。可能是因为皮肤被晒得黝黑，她的眼珠显得特别黑。眼神好像直刺我的心脏。

"你在邮件里，还跟我说务必要健康。"

恩熙姐姐移开那双刺痛人心的眼睛，盯着咖啡厅玻璃门外停着的车。这时我才知道,她之所以有那么强烈的眼神是因为眼泪。

我犹犹豫豫地道歉似的说:

"艰难的关头现在不都已经熬过来了,不是吗?从现在开始,只需要小心观察四年左右就可以了。说说姐姐的旅途趣事吧,印度怎么样?"

两人再次对视,几乎同时笑了。

"嗯,这次不是旅行,只是在那里生活。"

"所以,说说你生活中的故事吧。"

"每部印度游记里都会出现求道的氛围,我写的时候完全没有意识到。如果一定要说有什么特别的东西的话,那就是没有隐藏任何东西。例如,死亡。在那里,他们把尸体在外面烧掉。"

那时,一脸稚气的兼职店员来找我们下单。我打开菜单,正要挑喝的东西,恩熙姐姐好像不在乎周围任何人一样清晰地说:

"你知道人体在燃烧时最后燃烧的是什么吗?是心脏。晚上被点了火的身体会烧一整夜。凌晨去那里一看,只剩下心脏还在沸腾着。"

因为那个故事,我把那天恩熙姐姐给我讲的其他故事都忘了。

"到现在还不知道,我看着那滚烫的,最后一块脂肪正在燃烧的心脏,为什么我的手会不由自主地放到心脏上面。"

那时候好像第一次想写一个长得像恩熙姐姐的女人。在天还没亮的凌晨,尸体变成灰烬,只剩下骨头和一直沸腾的心脏。低头看着的,是一个把手放在自己心脏上的女人。生怕那个女人抬起头是一张熟悉得可怕的脸——深陷的眼睛、突出的颧骨、死去的黑唇和被熏黑的皮肤。

*

从林间小路返回时,我边走边想。

这条路是我的呼吸孔。无论严寒,无论雨雪,除非身体疼得动弹不得,我几乎每天都走在这条步道上。边走边尽量保持冥想的状态,但我经常会想起一些人。

听了医生的诊断后,我的人际关系被分成了可以继续交往的人和不需要刻意再见面的人。在几乎直观地快速进行压缩的过程中，恩熙姐姐是我觉得可以继续见面的少数人之一。

记得手术前的晚春，走在这条路上的我想起了恩熙姐姐。如果能再见到不久前去印度的她，我很想带她来这里。带她光脚踩一踩铺在步道尽头的白色的、尖尖的石头，让脚掌得到按摩。我想告诉她："润说这个石头的形状像鸟，在姐姐眼里也是这样吗？本想经常联系你，但觉得姐姐太累了，所以就没敢这样做。本想在周末请你出来吃点东西，想带你去一家把蒸虾卷到香喷喷的糯米煎饼里吃的中国餐厅，但是没能做到。后来，姐姐开始了旅行。我觉得挺好的，好像我的心理负担也减轻了不少。"

*

我想辩解。

关于那个长得像恩熙姐姐的某个女人的小说以"她不回来了"开始。只写了那一句开头之后，我无法想象从未去过的热带地区是什么样子，所以在身体恢复后，第一次计划了旅行。通过邮件收到我的计划的恩熙姐姐爽快地回了信："好激动，你真的要来这里了。"

在写原打算昨晚交稿但现在看来写得很糟糕的那部小说时，我一直在思考关于某个女人的新小说。过去的一个月里，我一直在搜索合适的旅行社、预订机票、收集资料、安排行程。每晚一点一点收拾行李的回忆，对我来说，就像"她不回来了"的简单句子一样，是一段安静而明亮的时光。所以那只是那一刻我能写出的最轻松、最平静、最明亮的句子而已。

*

我是在十四年前，第一次见到恩熙姐姐的。一开始，我们不是很熟，是我为了写小说辞职后关系才亲密起来的。由于我们都不是开放的性格，故互相敞开心扉需要一段时间。

她和我之间也有任何关系中都会存在的误会和幻想。例如，恩熙姐姐把我看成比实际情况更坚强的人。当我后来告诉她只剩下润和我两个人的事实时，她说："奇怪，在我的脑海里，你是最坚强的人。一想到韩国，我觉得只有你能毫不怀疑地、坚定地站在那个位置上。"

我对恩熙姐姐也有类似的想法。恩熙姐姐是一个生活方式极其细腻缓慢的人，但她用自己的手打破了这种印象，成为坚韧而鲁莽的人。对独自生活的母亲来说，她是近乎冷酷的长期旅行者。但最初的印象是很难抹去的，看着她漫不经心地笑或走的样子，恍然间，觉得自己回到了刚步入职场的二十四岁。那个纯真年代，在地下通道的出口看到她上班的背影时，我会因害怕打破她敏锐的步伐而不去叫她，我会觉得她所拥有的珍贵的东西对我来说也同样珍贵。

*

我一边感受着身体被室内的暖气融化，一边开始准备午餐。虽然会出现想蒙混过关的念头，但直到第一次手术后近三年的今天，我仍坚持每顿饭都不能疏忽的原则。我刚在餐桌上摆好没有用油炒过的杏鲍菇和焯过水的豆腐、两种蔬菜和半碗糙米饭，就听到了润按玄关密码锁的声音。

我把湿手在围裙上擦了擦，走出门厅。和早上出去的时候不同，润随便围着围巾走进来，脸都冻红了。

我问道："冷吧？"

润回答："早上真的很冷，但现在一般。"

我用两只手掌摸了摸孩子的脸颊，有点像冻桃子。

"妈妈说什么时候要出去？"

连拖鞋都没穿就进浴室的润心不在焉地洗着手问道。

"五点左右，等小姨来了以后吧。"

"说要去哪儿来着?"

"妈妈的朋友那里。"

润虽然也认识恩熙姐姐,但我还是这么回答。

在我吃午饭的时候,润坐在摆着水果盘子的餐桌对面,开始表演最近热衷的纸牌魔术。本应该在纸牌最上面的小丑牌,不知不觉到了最下面,像往常一样,中间的黑桃 A 突然跑到最上面摸不着头脑的时候,润被冻的小脸蛋慢慢恢复了正常的肤色。

"现在我来表演心理魔术。"

"那是什么?"

"没有特技,用提问来猜对方的牌。"

润把黑桃 A、小丑牌和红桃 A 放在餐桌边上,让我心里选好一张牌。

"从现在开始,我的提问,可以回答真实答案,也可以说谎。我只看妈妈回答的样子,就能猜出妈妈想的牌是什么。"

"那怎么可能呢?"

"很简单。这是妈妈想的牌吗?我这样问的时候,妈妈说不是,然后看妈妈嘴唇是不是在颤抖,眼睛是不是在看别的地方,回答得快不快。其间也会问一些理所当然的事情,'妈妈,早上吃饭了吗?'我这样问的话,妈妈当然会回答'嗯',是吧?这样可以比较说真话的时候和说谎的时候的表情。"

"所以,原来是在审问妈妈啊。"

"不是审问,是心理魔术。"

"好吧,试试吧。"

"妈妈,你想到这张牌了吧?"

"不是。"

"想到这张牌了吗?"

"嗯。"

"想到这张牌了吗?

"嗯。"

润的眼神在动摇,我的眼神也在动摇。我要么使劲儿点头,要么笑眯眯地左右摇头。润相当认真地观察着我的反应,但最终还是猜不中我想的牌。

"咱俩换一下吧?"

"好啊。"

润的眼神再次动摇了一下,我的眼神也在动摇。孩子不太会说谎,所以对我比较有利。吃完饭剩下的饭菜都凉了,在这期间我数次欺骗润,但润终究没能欺骗我。我们不想在来回审问的空当突然感到害怕和落寞,哼着傻傻的歌,说着傻话,对着傻瓜般的彼此的脸大笑。

*

客厅的茶桌上满是摊开的作业本,但是润的一只手却不停地摆弄着纸牌。我坐在客厅的书桌前,正想着要不要批评他一句。为了等妹妹一来就能立刻出门,我早早地穿上了外出服,收拾好了包。因为什么也读不了,什么也写不出,我呆呆地看着贴在桌子上方墙上的画。去年年末访问 K 老师的画展时我曾拿到过一本图录,那幅画就是从这本图录中剪下来的。对 K 老师来讲,现在衰老不是大问题。她因为长期受抑郁症的影响,每次见面时,身体动作都变得更加沉重。她沉重而缓慢地伸出胳膊一边递给我图录,一边问道:

"喝杯咖啡再走?"

"好呀,我请客。"

"那怎么行。你远道而来,应该由我来请。"

离画廊最近的破旧茶馆里挂着一台大壁挂电视,正在轰轰烈烈地转播似乎在夏天录制的欧洲职业足球比赛。好像一点也听不到那骚乱一样,K 老师低声问我:"挂在二楼的心脏怎么样?我女儿前几天来参观了一下说:'妈妈,这不是心脏,也不是画。'"

她苦笑着把花白的短发撩到耳后。

"所以我回答了她:'不,这是我的心脏,这是我的画。'"

就在这时我感到，在 K 老师瘦弱的脸上重叠了一张长得像恩熙姐姐的女人的脸。一张在清晨的黑暗中俯瞰着沸腾的心脏的晒黑的脸，比任何时候都清晰地印在我的眼皮内侧。

"上周我去看了我一位朋友的展览。其实，我从来没有认可过他的作品。我平时认为我那个朋友只在创意方面的表现比较突出而已。但是那个画展很奇特。在空荡荡的展厅周围，挂着孩子们笔记本大小的白色相框，相框里有白纸。仔细一看，角落里用 0.3 毫米的自动铅笔写下了这样的文字：'我的手，我的眼睛，我的心脏。'"

像被审问的人一样，K 老师的眼神在一瞬间动摇了一下。她的眼皮在抽动，嘴唇也在颤抖。

"'我的心脏。'看到那些字，我就崩溃了……你知道是什么感觉吗？"

我摇了摇头。

"在过去的几个月里，我不停给自己施压，画出了一些东西，就是那些既不是心脏，也不是画的东西。他却用 0.3 毫米的自动铅笔写下'我的心脏'，写得那么小、那么扎心。"

那天晚上回到家，我把图录最后的那幅画剪下来贴在我桌子上方的墙上。仔细地看着画，打开笔记本电脑，新建了一个空白文档。在写完题目"我的心脏"后，隔了一行，写下了在那一刻能写出的最简洁的句子：她不回来了。然后就无法再继续下去了。因为它就像同时握住了0.3毫米的自动铅笔和蜡笔一样，使人混乱。

那幅画的表面用蜡笔画着各种颜色的线条。乱七八糟的线条弄得画纸破乱不堪，让人感觉压根没有考虑设下任何恰当距离，一个人最黑暗的部分就这样毫无保留地像肉眼看到的地狱一样浮现出来。在那些巨大而可怕的块状物旁边，K老师没有设序列号，只是重复贴上了"我的心脏"的标题。这是一种可以用缩小到几十分之一的图板也能传达到的、压倒性的痛苦的形象。

那只是K老师多年的痛苦被碾压的痕迹，如果静静地看着，有时会觉得那是我过去三年被碾压的模样。我看着画的时候，画也注视着我。彼此目光相违，互相摸索着对方看不见的地方。

*

在毫无意义的审问和回答之间，带着死心、幻灭和敌意，冷冷地凝视着对方的脸的时间。

眼神在动摇、嘴唇在抽搐的时间。

他无法进入我的死亡之中，我无法走进他生命的时间。

那一切都变得不再重要的时间。

只要能活着,只要能活着就行,无论是谁,无论是什么,我都想爬过去苦苦哀求。我曾经有过这样一段时间。

那些时间并没有走得太远。像沙滩那边的大海一样,还在近在咫尺的地方荡漾和澎湃。像海水未干的泥土一样的身体还能够记清这一切。

*

总有一天,我想跟恩熙姐姐说说那段时间。那些对家人也无法吐露的迷宫般的思绪,感觉只有恩熙姐姐才能理解。她在开始第四次旅行之前来找我住了一晚,难得有了好机会,很可惜我最终还是没能说出口。

那天晚上,润在里屋睡得很熟。恩熙姐姐换上我给她拿的运动服,舒舒服服地坐在沙发上。我背靠着沙发对面的抽屉柜坐在地板的坐垫上,往前伸直了腿。我们喝了一晚上的香草茶。第三次烧过水的热水壶已变凉,该睡觉了,也不用再聊天了。我现在还记得,当时看着和我年龄差不多、看起来和我差不多累的恩熙姐姐的脸,心里感到很迷茫。我突然想到,时间铸就了我们的关系,现在我们是脚踩着十几年的漫长时间,相互望着彼此。为了不让心情变得沉重，我突然说道："从现在开始，我打算留长头发，留到及腰。在变老之前。"

"是吗？我呢，想把头发给剃了。"

"剪头发吗？剪多短？"

"这次去缅甸的话，我想过僧侣生活。"

"又不是佛门弟子。"

"如果好好模仿的话，也说不定了。"

"穿着广告里的橙色法服，一只手拿着手机？"

就像合得来的女高中生一样，我们哧哧地笑了。

"经历过僧侣生活，也许就想完全回来了。"恩熙姐姐漫不经心地说道。她好像很快活。

"回来的话，也许会活得有点不一样。"

"怎么不同？"我问她，她默默地用眼睛笑了。

没过多久，恩熙姐姐真的去了缅甸，但并没有像那天晚上说的那样成为僧侣。只是在仰光、在茵莱湖、在蒲甘巨大的寺院群落租了一间招待所的房间，以旅行者的身份一住就住了好几个月。就这样，她在缅甸陆续滞留了将近一年。当她滞留满一年的时候，也是旱季即将结束的二月的第三个星期四，也就是明天，我们约好凌晨五点她到仰光机场接我。

*

听到电梯停止的机械声,接着是明快的短靴敲击地面的声音和衣服的摩擦声。在妹妹按响门铃之前,我转动锁头打开了玄关门。

"对不起,晚了一点。"

妹妹身穿一件象牙色的长款羽绒服,头戴一顶同色系的松果毛线帽,笑容满面地走进来。像个少年一样大声喊:"润啊!"我突然有种想搂住妹妹肩膀的冲动。

润跑出来说:"你好呀,小姨。"我在他们打招呼的间隙,把外套挂了起来,并且向心不在焉的润交代道:"妈妈明天晚上就回来了,明天早上早点起来和小姨一起吃饭,然后去学校。我可能没法接电话。"

"你到底要去哪儿?"

我望着妹妹瞪得圆圆的眼睛低声回答道:"恩熙姐姐死了。"

*

我想告诉她。

她看着心脏燃烧到黎明的那一年,
我在思绪的迷宫中摸索出的、试图要抓住的那些想法。

如果真的再给我一些时间的话,我会以不同的方式生活。
为了不会像被锤子砸中脑袋的动物一样死去,
做好下次不再害怕的准备。
将我内心最炙热、最真实、最明净的东西释放出来。
向着可怕的冷酷无情的世界,
向着随时都能无意中抛弃我的人生。

*

我走在天黑之后变得更加寒冷的街道上。

经过一家灯火通明的24小时便利店,想买一瓶烈酒灌下去。但在过去的三年里,我没有喝过一滴含酒精的东西或咖啡。我还有两年的时间需要继续观察。我不能打破这个原则。

记得那晚,我们隔着变冷的茶壶分享梦境,是我先将那段时间反复做的梦告诉了姐姐。

"我不怎么喜欢旅行,但我不知道为什么总是梦到旅行。都是因为姐姐你啦。"

重复的梦里面，大概是下午三点，我和润在一个陌生的城市里。我们的逗留时间只有一天，但出于某种原因，我们一直未能离开酒店。房间要么没有窗户，要么就被太近的建筑物挡住，或面对的是死气沉沉的空地。但想要去任何值得一看的地方都需要很长时间，总不能一直待在房间里吧，总不能就这样一直待到晚上吧。我从睡梦中醒来焦虑地看着表。

我带着一丝笑意把梦中的故事告诉了她，但出乎意料的是，恩熙姐姐认真地回答了我。

"……但是，我不认为那是一个关于旅行的梦。"

那一刻，我才意识到自己对她倾诉是多么赤裸裸的告白，我意识到我现在所在的地方就是下午三点，意识到我所剩的时间不多了。我紧紧地攥着人生中只有一次的一天，焦虑地不知如何是好，结果却是捏碎了它。

恩熙姐姐小心翼翼地打破沉默。

"我也有从几年前开始就经常做的梦。"

*

夜深了，却回不了家的梦。是有点幼稚的梦。

虽然我早就搬到了日山[1]，但梦里的家总是我在水踰里[2]的老房子。从三阳洞的某个地方开始，我迷失了方向。不是在最近开发的新城，而是在陡峭的山坡上、蜿蜒曲折的胡同里。突然又来到一条大路上，所有的路灯都熄灭了，没有公交车，没有出租车，也没有人。只有卡车像坦克一样在黑色的柏油路上呼啸而过。我再次回到胡同，那里很冷，没有人，腿也很疼。

然后我听到一户人家厨房里的流水声。我从窗户往里看，里面有个长得像我妈妈年轻时美丽而身材娇小的、笑起来很善良的女人。"请进吧。"她打开门，让我伸出手来。她就往我手上一点一点浇温水。等我洗完手之后，她害羞地领我到房间里，让我在那里休息到天亮。

打开门进去，会感到害怕。房间很小，地板是黑色的沙土，上面什么也没有。沙土上面满是碎瓷器片，窗户没有玻璃。从房间里，可以看到山下的灯光。很冷，我的腿很疼。因为怕被瓷器扎到，我也不敢坐下来。那个温柔地迎接我的女人，为什么会把我带到这么恐怖的房间呢？我能听到她在厨房

---

[1] 地名，位于京畿道高阳市西部的一个新都市。
[2] 地名，水踰里是首尔市江北区水踰洞1950年以前的名称。韩国的行政区域大体分为，一级：特别市、广域市、道；二级：市、郡、区；三级：洞、里、邑。另外，作为同音异义词的地名还有"水流里"，这个水流里位于全罗南道珍岛郡珍岛邑。本文中出现的"수유리"地处首尔，所以应该是"水踰里"。

里用水的声音,瑟瑟发抖的我喃喃自语:天一亮我就走,先在这里这样待一会儿,等天一亮我就溜走。

*

我不知道我是否还能辩解。

在那个梦境故事的最后,我明白了一些事情,但我没有告诉恩熙姐姐我明白了什么。就像她听了我的梦后没有告诉我她明白了什么一样。

我应该那时跟她说"别这样"才对。"别这样。如果说我们有错的话,那就是我们生来就有缺陷,只是我们被设计得目光短浅,看不到前行的路。所谓的罪,如同世上根本不存在的怪物。不要试图拿什么布来遮住它,也不要错误地把它视如生命一样,紧紧地抱着它生活。不要失眠,不要做噩梦,不要相信任何人的指责。"

但我一句话都没说出来。就像很久以前那次一样,我没有使劲抱她的肩膀,也没有握住她的手。只是,我曾相信,恩熙姐姐凭自己的力量独自去的那个地方的夏天肯定会解救她。它将以比我能说的任何话还要强烈的热气和骤雨,去解救恩熙姐姐,让她吸收水分茁壮生长为热带的花草和树木。

＊

  我和恩熙姐姐的母亲和小姨、表兄弟姐妹、高中时期的闺密一同到了火葬场。她的心脏没有沸腾一晚上，而是在两个小时内就燃烧殆尽。任何人都没有哭。她的母亲腿脚不便，坐在别人给她准备的三脚椅上，面无表情地凝视着天空。偶尔她的表兄弟姐妹会用一只手捂着嘴用手机通话处理着与工作相关的业务，然后迅速挂断。

  恩熙姐姐的死因是登革热。对当地人来说，这就像感冒一样常见，所以恩熙姐姐当时可能并没有在意。但退烧后，全身长满了皮疹。对当地的医疗条件心存戒备的她，五天后一个人乘坐飞机回了国。接到空姐的电话后，救护车早已到机场等候。到达机场后她被救护车送往医院，但经过两天的殊死搏斗，她还是走了。医生诊断说，由于登革热休克，她的许多器官已经受损，无法修复。

＊

  黄昏时分我回到家，还没来得及洗漱就睡着了。仿佛听到润叫我的声音和妹妹劝他不要吵醒我的声音，无法确定是梦还是现实。每当睡意变浅的时候，我就隐约看到林荫路。这条路我一天走过两次，只要我能动，我都会来这里散步。路边开满了白色的车前草花，柳树上长出了娇嫩的绿叶。炫目的阳光又回来了。白色的、长颈的、长嘴的鸟来了。生命来了。只要再坚持一下。远离后悔和痛苦、深深刺痛的自责，还有那抹不去的脸，只要再坚持……

当我终于睁开眼睛时，是天还没亮的凌晨。我好像在发烧，眼皮和脸颊都在发烫。不知润是从何时起到我身边的，此时他正呼吸均匀地睡着觉。我摸索着找到衣架上的开衫，穿在身上，悄声走到客厅，听到妹妹在润房间的床上轻轻打鼾。

我望了很久阳台外面冰冷的黑暗，挪步坐到了书桌前。一边等着笔记本电脑完成开机，一边慢慢地干搓着脸。当我调出标题为"我的心脏"的文件，我看到了那句令人不寒而栗的句子：她不回来了。我删除了这句话，然后等待。我竭尽全力地等待。在四周未亮之前，我写下开头第一句：那个女人已经康复了。

伤口愈合中

你看着几处直径一厘米的口子。

在你肿起来的两个脚踝下面、小腿连接脚背的地方，就有几处口子。医生指着左侧口子里灰白色的东西说道："烧伤的第一时间为什么没有及时处理伤口？右边的还算可以，左边的皮肤组织情况不太好。"

三十好几的医生把头发剪得像高中生一样，留了个寸头。或许是到了周六下午的缘故，白大褂耷拉在身上显得很松垮。

"可能需要打麻药做切除手术，但我建议还是先观察看看。虽然有点晚，但现在开始创造好的环境的话，还是有可能恢复皮肤组织的。"

你听到要动手术的话后，一脸惊吓地问道："那何时才能知道需不需要动手术？"

"三天后……"

医生把目光转向挂历。

"先服用抗生素，一边接受激光治疗，一边观察观察。"

你愣愣地看着医生拿起深蓝色的钢笔在病历本上飞快地书写。医生对你的态度沉着而冷淡，好像不能理解眼前的这个患者在五天前烧伤时为什么不采取措施，非得等到细菌感染了才到医院。

刚消过毒的伤口部位就那样裸露在外面，你一瘸一拐地走出诊室。你的裤腿撸到膝盖处，肩上背着装有笔记本电脑的背包，一只手拎着雨伞。你弓着腰，趿拉着只放进脚尖的皮鞋。这时，收费窗口的护士叫了号，你小心翼翼地走过去，生怕皮鞋碰到伤口。护士跟你说明医保不能报销激光治疗和水胶体敷料的费用。缴完费拿到处方后，你又趿拉着皮鞋，走到走廊尽头的激光治疗室门口。

"请问，是不是得重新消毒啊？"你穿过拿着雨伞的人群，问了一句。

年轻护士满不在乎地回答道："医生不是给消毒了吗？激光也是消毒，不用担心。"

你把双脚放到诊疗床上，长得像扩大十倍的三色温台灯一样的激光治疗仪开始发射网状的红色光线。光线不光扫射你的双脚，还不停地扫射较大面积的白床单，呈放射状。

"会伤到眼睛，不要盯着看。"

你没理会护士的劝告，仔细观察左侧脚踝下面的伤口。化脓后的伤口已经变成灰白色，像红血管一样的光线在上面不停扫射，你目不转睛地望着。

晚秋的周六下午，医院前的十字路口熙熙攘攘。雨已经停了。身穿呢子短裙配打底裤的姑娘们，还有拿着篮球和可乐罐、挽着校服袖子的高中生们从你的身边擦肩而过，你闻到浓浓的香水和汗水味。为了躲避端着装满化妆品小样的塑料篮子、脸上堆满假笑的打工妹，你干脆把头低了下去。你往正在施工的地下通道走了过去，穿过打折售卖手机的地下店铺后，一步一步踏着台阶走了上去。

你总会忘记，刚刚你在哪里、接受了什么治疗、现在又想去往哪里。走出地下通道后，你停下了脚步，听着从敞开大门的电子产品卖场传来的隆隆的音乐声、工地上不停运转的钻地机的嘈杂声，你有些不知所措。你猛然回过神来，用指尖摸索笔记本电脑包的前口袋，想要确认医院开的抗生素在不在里面。

你已经忘了自己曾是一个多么喜欢开玩笑的人，忘了自己还是一个多么重视穿衣打扮的人，也忘了因为个子矮而喜欢穿带跟的鞋子、穿随意的亮色衣服、围白色或黄色系的围巾，还有眼角微微下垂的眼睛里总是透着一股顽皮劲。

你穿着黑色高领毛衣和黑色呢子夹克，黑色纯棉裤子搭配黑色平跟鞋，个子像小学高年级的学生一样矮。别说化妆，嘴唇上连润唇膏都没抹，所以一眼就能看出有三十好几。

＊

五天前，你的两个脚踝被烧伤，也就是左脚崴脚后的第二天。虽然崴得没有严重到需要打针的程度，但你还是去了附近的韩医院，对身穿时髦改良韩服裙的五十五岁上下的韩医医生说道："以前右脚崴脚后没太在意，所以到现在还没好利索。这回崴了左脚，我打算及时治疗。"

韩医医生让你躺到床上，给你两只脚的脚踝处做针灸。

"黑眼圈怎么这么重啊？"

你淡定地回答："是累的。"

"脚踝是怎么扭伤的？"

"在山上……"

医生给针灸的位置照了红外线电烤灯后叫了护士。

"一会儿护士会给你做艾灸，把米粒大小的艾绒捏成艾炷在这上面烤的话，慢性痛症也能治好。"

医生拿出纤维笔在你两个脚踝下面的韧带部位标记黑点，用来做艾灸。

"因为是直接灸，所以会很烫，好在是暂时的，没问题吧？"

你没有丝毫的怀疑，就应了一声。

那天，你第一次知道所谓的直接灸就是把点燃的艾炷直接放在皮肤上去烤，直到艾炷燃尽烤到皮肤为止。你想忍，但还是惨叫了出来。护士像温柔的刑吏一样安慰道："没事的，马上就好了。"可是一直到左侧脚踝的皮肤被烧伤为止，你的惨叫声都没有停下来。那时，你忽然意识到自己嗓子里发出的声音竟和你的姐姐一模一样。你的泪水像没拧紧的水龙头一样无声地、止不住地往下流。护士见状，手足无措。你摸索着穿上袜子和皮鞋，刷卡缴完费后走出韩医院，朝着电梯走过去，泪水还是不停地流。

*

从韩医院回来的第二天起，你开始拼命工作。因为突然请了四天假，工作积压了很多。你每天似梦非梦地刷牙，用五分钟时间匆忙冲澡，没来得及吹头发，就为了赶企划会议直奔公交车站。你背着主板随时可能坏掉的两千克重的旧笔记本，辗转于图书馆与咖啡厅，努力撰写电台广播稿。每次困到睁不开眼就喝咖啡，握着发烫的手机去联系嘉宾，录制节目时坚守在演播室的电脑前。你为工作奔波的时候，左侧脚踝做艾灸的部位长出水疱，水疱在袜子里破裂，然后被细菌感染后变得又红又肿，而你全然不知。每次伤口隐隐作痛，你以为那是崴脚的地方在痛。一直到周六早晨，你在录音室因为无法忍受的疼痛把袜子往下拉到脚背上时，才发现问题的严重性。急性子的导播看到伤口，把前前后后的事情问了个遍，听后被震惊得哑口无言。

"郑作家！你是明白人，怎么做事这么糊涂呢？你难道不知道即便是轻微的烧伤，不及时治疗的话有多危险吗？你以为截肢的事情都只发生在别人身上吗？"

*

此时，你正靠着公交站台透明的亚克力墙站着，无意间看到亚克力墙上用各种颜色装饰的广告词，那是附近整形外科医院的广告。如果是你爱的人，他送你线戒，你也会喜欢吗？哦！难道不想拥有大钻戒吗？新的人生起点！高兰得（Grand）整形外科医院。第一次没读懂，于是又慢读了一遍，广告词中有两个问号和两个感叹号。然后你抬起了头。

"是几路来着？"

为了唤起单纯的记忆，你皱起了眉头。在这里要坐几路公交车才能回家呢？

你相信，只要公交车一出现，就能认出再熟悉不过的公交线路号。可是，当十几辆不同线路的公交车停靠和驶离时，你只是默默地注视着。这种情况还是头一次，所有公交线路号都让你感觉很陌生，那些数字好像在合力推开你。这时，你才恍然大悟，因为你理应去父母家而没有去的心理负担，才导致了你记不住回自己单间公寓的公交线路号。

你是知道的，这个周末你本来应该去安慰父母。即便你不刻意去安慰，他们也会因为有你的陪伴而得到精神上的慰藉。

但是，你现在不愿意那样做了。

你想一个人待着。

*

在你的姐姐与病魔做斗争的最后三个月里，你几乎没见过她，理由是她不想见你，因为在很早以前，你跟她的关系就已经疏远。虽然是唯一的亲姐妹，但关于她的病情，你都是通过母亲获知的。

你的姐姐有着高挑的身材和端庄的五官，人们都以为相貌平平的你会因此从小自卑，但事实并非如此，真正自卑的反而是你姐姐。

令你不解的是，她所嫉妒的居然都是你的缺点。她嫉妒你的死心眼和固执；因为这种性格，你选择了不好的专业时，她也嫉妒；你活到三十几岁都没有谈过一次像样的恋爱，因为跟父母关系不好，尤其是父亲，所以没得到什么经济方面的资助，她还嫉妒；你上了年纪还辗转于月租房，她也同样嫉妒。而她嫁的却是一个拥有着不错的企业且比自己大八岁的帅气男人，又住在一栋在客厅可以一眼望到江的高楼里，橱柜里陈列着只有在遥远国度的王室才有可能用到的高档餐具。可即便这样，她却像嫌弃有不喜欢的气味的食物一样，想要远离自己的人生。

*

有一次，你曾这样问自己：

从什么时候开始，又错在哪里了呢？

你和姐姐两个人当中，谁是更冷漠的人呢？

在你读大学一年级、你的姐姐读大四毕业班的那一年，一个学期的课刚刚结束，所以具体时间应该是在十二月的第二或第三个星期一。那天早上，她跟你说："跟我去一个地方。"

"去哪儿？"

"医院。"

你问到她哪儿不舒服时，她只回了一句："跟着来就是了。"

那天上午，天阴着，好像马上要下雪的样子。从她进去做刮宫手术开始，你就一直坐在家属等候区紧紧地攥着拳头。见她从手术室里出来，你犹犹豫豫地想要过去扶她，那时，她脸上露出不耐烦的神色。从医院出来后，你叫了出租车，她一边打开后排座的车门，一边说道："我躺一下，你坐前面吧。"

天空还没有下起雪来。临近圣诞节，大街上很是热闹，亮起红色尾灯的车辆排着长队静静地等待着左转弯的信号。你坐在副驾驶上依旧攥着拳头，偶尔还会回过头去看一眼蜷缩着躺在后座上的姐姐。你感到嗓子里火辣辣的，像得了感冒一样。

你的姐姐根本就没必要叮嘱你任何话，因为她深知你是自始至终都不会向父母或其他任何人泄露秘密，并把这个秘密严守到底的唯一的人。她还知道你全身心地爱她爱到可以为她永远保守秘密。你的姐姐明知道这一切，却从那天下午起再也不爱你了，不想和你说话了，甚至都不想跟你对视了。后面的几年，为了让她回心转意，你努力过，但当你意识到所有努力都无济于事的那一刻，你毅然决然地离开了她。

*

她的眼睛明亮而深邃，细长的脖子下面锁骨显得很纤细，手和脚的指甲一年四季修剪得干净又好看。夏天，从凉鞋皮带的间隙隐约可以看到小巧的脚丫。你考上大学时，她领着你去了一家像样的西餐厅，教你刀叉的用法，又送了你爱心模样的18K 小吊坠，并且还真诚地告诉你："像这种短项链必须得是金的，不能戴银或者铜的，那样显得很没有品位。"

她笑容满面地接着说道："我们家的女人眼皮薄，所以不做双眼皮手术，但是，你可以做一个开前眼角手术，这样眼睛也会变大很多。"

从西餐厅出来后，她带着你逛了好多家有名的服装店，可到最后你还是没买她给你推荐的衣服，也因此伤了她的心。你站在服装店倾斜放置的显腿长的全身试衣镜前，看着镜子里她送的小吊坠在你的脖子上闪闪发光，不停地摇头："不是，这不是我的喜好。"

在那一年年末的一天深夜里，你在她的房间里问道："我真搞不懂，为什么人可以只活在传统观念里？怎么能受得了那样的生活呢？"这时，你透过镜子发现正背对着你卸妆的她顿时变了脸色。她对视着镜子里的你的眼睛反驳道："你那么想吗？但是也有人会很庆幸能活在传统观念里啊，因为可以把传统观念当挡箭牌。"

那个时候，你以为你理解了她，像是猜测几层白色薄纱后面的轮廓一样，朦朦胧胧的。她不是无知的少女，她只是想要得到安全的地方，一个像乌龟和蜗牛的壳、像苹果最里面的坚硬果核一样的地方而已。

*

  从韩医院开昂贵的汤药、做艾灸做得肚脐下面留了疤痕、不孕症手术前做各项检查、着急等待手术日期、反复地过期流产——她为怀上孩子倾注了近十年精力的这些事情，你都是从母亲那里听到的。

  只有你知道，你一出现在家庭聚会上，她的脸色就会变得很难看。于是，你面带着笑容，努力让自己不去爱她；努力像看陌生人一样去看她；努力不再用温暖的眼神去看她每次笑起来时像淘气鬼一样皱起的鼻子；努力不去唤醒你内心深处只有从小一起长大的亲人之间才有的、难以言喻的亲密的情感；努力让自己的内心变得更冷酷、更坚固。

*

  你开始打瞌睡。

  你在终于记起来的那路公交车的最后一排靠窗的位置坐下来后不久，便开始打瞌睡。

  当社区公交车沿着拥堵路段往你家的方向缓缓移动的时候，当报站的广播和嘈杂的广告词响了好几次的时候，你不知羞耻地打起了盹儿，一会儿把头靠到邻座的肩上，一会儿又靠到窗户上。因为睡姿不当,你的脖子又酸又痛。你努力想睁开眼睛,眼皮却一直往下掉,然后你流着口水进入了梦乡。"嗯,嗯",睡梦中你发出类似老太太发出的那种呻吟声。"咣!"你好几次把额头撞到车窗的玻璃上。你抬起手擦拭了嘴角,极力睁开无比沉重的眼皮,但眼皮不听你使唤。

*

她的体重掉到了三十七千克,直到失去意识,她一直在喊疼。"疼,疼。"她像个孩子一样,用微弱的声音痛苦哀叫。"爸,救救我。"在她的哀求声中,沉默寡言的父亲下巴微微颤抖着,身材魁梧的姐夫也扭过身去哭泣着,母亲则握着她的手轻声细语地叫着:"孩子,孩子。"你无法停止自责,无法停止去想自己的存在正摧毁着她。当你终于想鼓起勇气叫一声姐的时候,一切都来不及了。

*

从瞌睡中醒来后,你发现睡过了好几站,便急忙背起背包去按了下车铃。站在陌生的街道上,你四处张望。站台的亚克力墙上张贴着公交路线图,你仔仔细细看了那张图,发现往回走三站地就能到家，这才松了一口气。

走在车辆和行人稀疏的街道上，身上的倦意在慢慢消退。当走到你原本该下车的站点时，眼睛已完全恢复了精神，但身上所剩的一点点倦意，让你觉得扑面而来的空气都是软绵绵的。

走到你住的单间公寓楼前，你停下脚步，看了眼你停在公寓楼后院的自行车。你静静地站在那里，肩上背着沉甸甸的两千克重的笔记本电脑，忍着脚踝上伤口的疼痛。

你之所以停下来看你的自行车，是因为它曾给过你很多快乐，也是因为除了骑自行车，你再没有喜欢的事情。只有在骑自行车的时候，你才不会去怀疑你的人生已经失败到无法挽回，才可以不知不觉地将你已被世间的美好遗忘的想法抛到九霄云外。

你害怕那些快乐的记忆重新被唤起，你害怕你的身体还记着在下坡路上滑行时惊人的速度和在河边自行车道飞速骑行时的感觉。

于是，你不再理睬自行车，踩着石阶走到二楼，用钥匙打开房门走进昏暗的屋里，将装着笔记本电脑的背包放在玄关处，皮鞋也没脱就坐到冰凉的地板上，就势伸开腿躺了下去。

听母亲讲，你的姐姐对姐夫说，她死了把她埋土里，不要火化。不愧是她留下的遗言。记得小时候在电视上看到棺材里面的死人又活过来的漏洞百出的电视剧时,她悄悄跟你说过:"天啊!多幸运啊!如果火化了,那个人可怎么办呀?!"

有心脏病的父亲参加完遗体告别仪式后,跟姑姑姑父先回了家。在姐夫的搀扶下走到墓地的母亲,到下葬为止,数次瘫坐到了泥土上。扶着母亲下山的路上,你狠狠地崴了脚,却忍住了剧痛,没有让任何人察觉。

*

"一个星期。"躺在地板上,你喃喃道。

刚刚过去一个星期而已。

皮鞋里的灰白色伤口火辣辣的,没加热的地板冷得像冰块一样。

*

也就是说,刚刚过去一个星期而已。

你现在根本不会知道,你还要来两次医院,一次是两天后,另一次是再过两天后,也不会知道医生会对你说"再观察一天吧"。

"因为是韧带、肌肉和神经集中的地方,所以能不做手术尽量不要做。"

你不知道你会再次用前脚掌趿拉着皮鞋去缴费；你不知道下午六点过后就要加收夜间诊疗费；你不知道你会再次看到红色的网状激光射线扫射你左侧脚踝的伤口；你不知道你会看着坏死的灰白色皮肤组织，还记得上次消毒时左侧疼而右侧不疼的情况；你不知道你心里想神经已经坏死；你不知道你眨巴着眼睛去想："手术会挖掉坏死的皮肤吧，周围的皮肤会流血吧，那点痛算什么。"

*

"……再降温之前……"

你不知道将来要发生的事。你躺在冰凉的地板上想。

"在那之前，去骑一次自行车算不算罪过呢？"

你慢慢起身坐下，脱掉皮鞋，从鞋柜里翻出脏了的白色运动鞋，解开鞋带后穿上。你走下石阶来到楼下，缓缓走到公寓楼的后院，在旧遮阳棚下解开了自行车链条。这辆自行车，两年来你经常骑，偶尔也会在瓢泼大雨天骑，所以每次骑完都会用干毛巾擦干并套上塑料袋，可即便这样，还是好几处生了锈。你用右脚踢开支撑架，推着自行车朝胡同走去。

你坐上自行车，把右脚放到踏板上，用左脚脚尖蹬地，自

한 강

HAN KANG

韩江

**亚洲
首位女性**
诺贝尔文学奖
得主

在她的作品中，韩江直面历史创伤和无形的规则，并在每部作品中揭示了人类生命的脆弱。她对肉体与灵魂、生者与死者之间的联系有着独特的认识，以充满诗意的文字直面历史创伤，揭露人类生命的脆弱。

——2024 年诺贝尔文学奖颁奖词

韩江

在我远行时，我写下的书也将拥有独立的生命，它们会随着自己的命运去旅行。车窗外绿色的火焰燃烧，而救护车内两姐妹永远相依在一起；在黑暗与沉默中，即将找回语言的女人用手指在男人的手掌上写字；出生仅两个小时就离开这个世界的我的姐姐，和直到最后都对孩子说着"不要死，求求你不要死"的我年轻的母亲。那些灵魂能走多远呢？那些在我闭上的眼睑内凝聚成橙黄色光的灵魂，那些用无法形容的温暖光芒将我包裹的灵魂能走多远呢？那些发誓不做告别的人的烛火会去向何处呢？那些在每一个屠杀现场、在每一个被极度的暴力所摧毁的时间与空间中点燃的蜡烛，它们乘着从烛芯到烛芯、从一颗心脏到另一颗心脏的金线，能去向多远呢？

写小说时，我会使用自己的身体。我动用所有感官细节，去看、听、闻、尝；感受柔软、温暖、冰冷和疼痛；感受心脏跳动、干渴与饥饿；走路、奔跑，迎接风和雨雪，握紧双手。作为一个必将走向死亡的存在，我感受着温暖的血在身体里流淌，我将这种鲜活的感触如电流般注入句子，当这种电流传递到读者时，我总是震撼与感动。那些瞬间我感觉到语言是连接我们的线，那根线上流淌着生命的光与电流，而我的提问也与之相连。我向已经通过这根线与我连接和未来有可能相连的所有人，致以深深的感谢。

——摘自韩江诺贝尔文学奖致辞《光与线》

《不做告别》 *长篇小说
（작별하지 않는다）

《少年来了》 *长篇小说
（소년이 온다）

《伤口愈合中》 *短篇小说集
（노랑무늬영원）

《起风了，走吧》 *长篇小说
（바람이 분다, 가라）

2021   2014   2012   2010

2025   2016   2013   2011   2008

《光与线》 *散文集
（빛과 실）

《白》 *长篇小说
（흰）

《把晚餐放进抽屉》 *诗集
（서랍에 저녁을 넣어 두었다）

《失语者》 *长篇小说
（희랍어 시간）

《眼泪盒子》 *童话
（눈물상자）

韩江作品年表

2007 —— 《闪电小仙女》(천둥 꼬마 선녀 번개 꼬마 선녀) *绘本

2002 —— 《我的名字是向日葵》(내 이름은 태양꽃) *童话

2000 —— 《植物妻子》(내 여자의 열매) *短篇小说集

1995 —— 《黑夜的狂欢》(여수의 사랑) *短篇小说集

2007 —— 《素食者》(채식주의자) *长篇小说

2002 —— 《你冰冷的手》(그대의 차가운 손) *长篇小说

1998 —— 《玄鹿》(검은 사슴) *长篇小说

行车便往下坡路滑行。胡同尽头和单车道的交会处有加油站，为了避开突然冒出来的车辆，你开始减速，随后将自行车骑到马路边的人行道上。等到绿灯亮了，你朝着斑马线对面的河边路骑行，当进入陡坡路段后，脚松开了踏板，任由车子向下滑去。落光了叶子的柳树裸露着纤细而灰黑色的树干，成群结队地站在河边。阔叶树上还挂着褪了色的叶子，你在下面飞速骑行。

车速越快，风速也就越快。你为了享受那股风，在夏天最热的时候（尤其喜欢烈日炎炎的八月），在令人挥汗如雨的大中午来到这条路上，迎着潮湿闷热的风骑行。那时，你是活着的，活着的你在闷热的空气中疾驰而过。当阵雨突然来袭，浑身淋透的你跑向最近的混凝土桥，那一刻，你体验到了疯狂的喜悦，莫名其妙地想大喊。就是在刚过去的八月，在你的姐姐没有告诉娘家人，被姐夫开车拉着往返于医院的节骨眼上，你感受到了近乎疯狂的喜悦。

*

"总算长出来了。"

你不知道，当医生从你左侧脚踝的伤口中看到灰白色的组织上长出了一个自动铅笔芯大小的小红点时，会说出这样的话来。

"长速虽然很慢,但开始长了,就不用做手术了。"

你不知道,水胶体敷料里面的伤口会一直流白色脓水,一周两次激光治疗时才打开的伤口,依旧是自动铅笔芯大小的一个小红点。你不知道,一个多月后,那个小红点才变成两个,接近两个月时,红点才变得像粗的铅笔芯一样大。

"真是慢啊,这么慢也很少见。"

你不知道,不再面生的医生会紧锁着眉头对你强颜欢笑。

*

你不知道即将要发生的一切,只是不停地蹬着自行车。

你从夏天经常避雨的桥下经过,从你喜欢驻足观察的那群野鸭身边经过。你看到它们正用嘴梳理着身上的羽毛,看到有几只将橙黄色的脚掌放到浮礁上晒着太阳,也看到比夏天时壮了的丹顶鹤,脚浸在水里虽看不见,但你知道它的脚是鲜红色的。你开始更用力地蹬自行车,然后看到一只老苍鹭一动不动地站在水中央望着远方。你有时会因为眼前如此硕大的鸟那么安静又慢条斯理地站在那里而暗自感动,所以你经常会停下自行车去观赏。

然而,这次你并没有停下来。对面来了一群戴头盔和护目镜、用口罩遮住鼻子和嘴的自行车骑手,你躲避了他们。脚踝在隐隐作痛，不确定是因为扭伤引起的还是烧伤引起的。不管三七二十一，你想你还会继续骑。你恐惧喜悦是没有必要的，因为你感受不到喜悦。

*

有几个伤疤至今还留在你身上。

九岁那年，为了和社区里的孩子比谁从秋千上跳得更远，你摔破了膝盖。还有一次，你踩在不结实的椅子上关小窗时，由于椅子的螺丝脱落，从椅子上摔下来，弄伤了小腿和手背。中学的时候，你把同学们请到家里，往热油锅里放水饺时不小心把食指伸进了油锅里，因此留下了烫伤的痕迹。

她也有伤疤。一次，玩捉迷藏正好由她蒙眼睛抓人的时候，先是你被椅子绊倒，接着后面的她也被椅子绊倒，你毫发无伤，而个子高的她，额头磕到了梳妆台的边角。父亲发了很大的火，就好像那是你的错一样。她那饱满圆润、漂亮且与众不同的额头，现在多了一个伤疤，连你都觉得很难看。为了不让人看见缝了好几针的伤疤，从那天起，她特意用刘海儿盖住了疤痕，可是当有风的时候，你却能看见她额头上模糊的印子。

在她接受缝合手术的时候，年幼的你哭红了眼睛。因为父亲和母亲陪她进了手术室，你一个人坐在走廊的椅子上，所以才会更害怕。她从手术室走出来看到哽咽的你，试图安慰你。她的额头上贴着很大的灭菌纱布和胶布，显得很滑稽。她吞吞吐吐地反复说道："没关系，医生说很快会好起来，过段时间就会好，反正都会好起来。"

*

你不知道。

寒冷的清晨，被渴醒的你不会知道，要跑去洗脸池上面的镜子前，端详被记不起来的梦湿透了的眼眶；不会知道你往脸上泼冷水的手在不停地颤抖；不会知道一次都没有说出来的那些话像牙签一样扎在喉咙里。"我也看不清前方，一直都看不清，我只是硬撑着，因为我只要一放松，就会感到不安，所以我只是努力硬撑着。"

*

你不知道，很久以后的一个星期二的下午，在激光治疗室里，当护士揭开水胶体敷料时，伤口处第一次流了那么多的鲜血；你不知道，你会第一次感觉到伤口钻心的痛；你不知道，从那天起，伤口的脓以惊人的速度在减少。

*

在那个星期天，在劝膝盖关节炎恶化的母亲多出去走走后，回到家的那个晚上，你不知道，为了不再看到巷子里缓缓飘落的雪花，你会去拉上窗帘。你不知道，你会坐在漆黑的屋里，蜷缩着身子迎接夜晚的到来。你不知道，为了不再想起闭着眼拉着姐姐的手去外婆家时的那条黑漆漆的巷子和那个"到哪里了""还远着呢"[1]的声音，你整个晚上戴着耳机，都没有好好睡。

你不知道，你会执着地回忆起很久以前你拿到第一笔工资后送她围巾时她原封不动地还给你的那个瞬间。你下决心不再爱她的那一瞬间，从她没有表情的眼睛里什么都读不到的那一瞬间，你该怎么做呢？与其惊奇地发现你也是一个冷酷的人，不如去找找别的办法，对吗？你不知道，你揪着这样固执而头疼的疑问辗转反侧到天亮。

---

[1] 这是4～7岁的儿童玩的排队走路的游戏。先定好目的地，前面的人看着前面走，后面的人抓住前面人的衣襟跟着走。如果后面的人问"到哪里了"，前面的人则回答"还远着呢"。这样你来我往大声呼喊着，最后到目的地时，前面的人要回答"到了"，游戏就结束了。

*

不知道这一切的你正躺在芦苇丛旁边，自行车摔倒在河边的岩石上，轮子在一个劲儿地空转。从半空中跌落的那一刻，你本能地抱住了头。明显感觉到手和胳膊肘破皮了，摔伤的肩膀和骨盆在隐隐作痛。

"这算什么！"你躺在潮湿的泥土上嘟囔着。灰白色伤口已经没了感觉，进了泥土的右眼火辣辣地疼。你扑闪着两只眼睛，心想，痛觉神经太敏感了。你像在祷告一样嘴里不停地念叨："希望不要从现在的经历中得到治愈；希望泥土变得像冰一样冷，可以去冻僵脸和身体；希望不要从这里爬起来。"

木卫二

仁雅说，自己会做噩梦。我没去过她的梦境，因为没和她住在一起，所以也没见过她做噩梦的样子。昨晚，仁雅久违地打来电话，用明亮的嗓音向我问候。但当我问起她的近况时，她只回了一句"除了做噩梦，什么都好"，然后突然笑出声来。关于她的噩梦，这是目前我所知道的全部。

此时，仁雅正打开咖啡厅的玻璃门走了进来。她穿着红色高跟鞋和灰色牛仔裤，身上披着又长又宽松的墨色开衫，肩背显得很挺拔。脖子上围着与高跟鞋同色系的砖红色围巾，围巾的两端搭在肩膀后。她看上去不像每天做噩梦的人，可是和我对视后嫣然一笑的脸却苍白得像纸一样。

"你先吃点东西多好，不饿吗？"

像在一起很久的恋人一样，仁雅一坐到座位上，就翻开了菜单。

"想等你来了再点。"

我也像在一起很久的恋人一样，淡淡地回答。

这是一家位于一楼的咖啡厅，秋日上午的阳光透过大窗户洒进来。从开放的厨房飘来咖啡、煮沸的牛奶、香草和照烧汁的混合气味。那感觉就像,突然被不熟的人邀请到家里,别扭地坐在厨房餐桌前。

"你想吃什么?没吃早饭吧?"仁雅边仔细翻看菜单边问道。

我故意没好气地答道:"你知道,休息日上午把上班族叫出来,是犯罪行为吧?反正是你买单,就看着点吧。"

"哪有这样的。"仁雅故意摆出一副冷脸,但又马上改变了想法,选了简单的早点和咖啡。"点这些,可以吗?"

见我点头,仁雅向服务员举手示意,点好了餐,冲服务员微微笑了笑。她的笑容中带着一丝俏皮。她不知道,当她这样冲着别人微笑时,我的心会有些痛,不管对方是男还是女,也不管是多么亲近的人。为了少痛一点,我故意扭头看向窗外。

"叫我出来什么事?"

"想你了呗。"

这种时候,仁雅脱口而出的回答,大多数是玩笑。

"是真的,你不相信吗?"

我呆呆地凝视着仁雅的脸。明显瘦了,脸色苍白没有血色,大眼睛变得更大,眼睛下面已发黑。

"嗯。"

我不高兴地回答,仁雅一边脱开衫一边笑了笑。我默默注视着她微笑的薄唇,心里突然萌生一个念头,想抚摸她被白T

恤包裹的圆润肩膀,想轻轻抱住她的上身,然后用双手手掌去感受她坚硬的肩胛骨。

*

仁雅有没有男朋友,我不是很清楚。凭直觉,她现在应该还没有。过去的几年里,仁雅好像谈过一两次类似恋爱的感情,但她并没有因此而疏远我。我始终是仁雅的朋友,我们不曾有过朋友以外的关系。

我们虽然不是恋人,但是从咖啡厅出来后,不约而同地朝仁雅的小区走去。仁雅之所以不直接把我叫到家里,而是约在附近的咖啡厅见面,是因为她不喜欢做饭。从二十四岁的冬天开始,仁雅有过六年左右的婚姻生活,在其间的两千多天里,她几乎每天都做饭,所以她下定决心在余生的岁月里,要以最简单的食物为食。

幸好我在仁雅结婚那年的夏天就认识了她,所以吃过她做的饭。有一年我生日时,仁雅给我做了什锦炒菜和酥脆的煎藕饼,把它们装在看起来像新买的密封容器里,用闪送服务送到我家。仁雅说,当时给为丈夫的晋升出力的上司也寄了同样的菜,所以不用感动。她在热衷做面包的那几年里,偶尔会加柠檬或柚子酱烤出香喷喷的磅蛋糕,不分季节地用红色或绿色丝带装饰圣诞氛围,再送给我。仁雅做的美食,无一例外都很好吃。但那个时期,每天做食物的仁雅,看起来有些不幸福,所以我也不再怀念她做的美食了。

"做什么梦啊?"

走进楼房的一层大门时,我问道。仁雅把眼睛瞪得圆圆的,抬头看了我。

"不是说做噩梦吗?"

"啊啊。"

仁雅感叹了一声,然后歪了歪头。

"噩梦还能有什么实际的内容?只是噩梦而已。"

狭窄的八人用电梯发着机械声到七层的那段时间,我和仁雅都暂时保持了沉默。下了电梯,仁雅发出"咔嗒咔嗒"的高跟鞋声,走到走廊尽头,往玄关门里插了钥匙。我走在后面注视着仁雅的一举一动。到附近的咖啡厅,出来一会儿,还要穿红色高跟鞋,看来仁雅不是突然爱上我,就是抑郁了。可是,没听说过有人会突然爱上认识十年的人,所以应该是后者。

我跟在仁雅的后面走进狭长的房间,户型像极了仁雅修长的体形。仁雅用作练习室兼简易录音室的、度过大部分时间的房间,如往常一样关闭着。安在狭长的厨房和狭长的客厅中间、可以区分两个空间的推拉门敞开着。客厅的里侧,巧妙地隐藏着同时作为梳妆台的简易抽屉柜、全身镜和铁制单人床,只有床尾处的高个子衣架，能让站在玄关处的人看到。衣架上挂着从未见过的深绿色针织连衣裙。

"什么时候演出？"我问她。

"星期五。"

仁雅脱下皮鞋，大步走到了客厅。她先拿出香烟，叼在嘴里，打开了阳台门。我停在衣架前，摸了摸连衣裙的袖子，手感粗糙且编织稀疏。

"演出时要穿这件衣服吗？"

"对，前天买的，我试试啊？"

不等我回答，仁雅叼着尚未点着的香烟，脱下开衫，把头伸进连衣裙，纤细的身体一下子就钻进了连衣裙里。仁雅将有牙印的香烟横放在烟灰缸上，问道："怎么样？"

我爆发出了笑声。

"像套了麻袋一样。"

"戴上丝巾，就会好看。"

仁雅依次试戴了挂在衣架上的三条丝巾。

"你觉得哪条最合适？"

"那条红色的。配上绿色衣服，好像你以前烤过的面包。"

牛仔裤外面套绿色连衣裙，再围上红色围巾，打扮得像圣诞老人一样的仁雅，扑哧笑出了声。我将身体前倾，不由得亲吻了仁雅。怕仁雅反感，所以除了嘴唇，我小心翼翼地不让身体其他部位碰到她。仁雅没有闭眼,我也没有闭眼。仁雅的舌头上有糖浆的甜味。

*

第一次见到仁雅时,我还是一个退伍不到两个月的复学生[1]。因为头发长得很慢,当时还是个小寸头。有一次,很久没联系的小学女同学问我想不想见她的朋友。"是什么样的女孩?"急性子的女同学回答道:"是我大学同学,在某些地方跟你有点像。可是你退伍太迟了,人家今年冬天就结婚了,就当是多了一个朋友,我们仨一起喝一杯,你看怎么样?"

出现在约会地点的仁雅,是个身材苗条的女孩,她一头浓密长发扎成稀松的辫子搭在腰间,格子长裙搭配了一双笨重的跑鞋,左手食指上的戒指镶嵌着很大的人造宝石。她说自己在一家设计公司当见习员工,可能是公司的性质允许她这样打扮。她个子有点高,容貌算不上出众,只是她谜一样的表情就好像有人设置了暗号一样,让人印象深刻。我端详着需要解开谜团的那张真挚的面孔,突然用非敬语问道:"听说你冬天结婚,我能参加你的婚礼吗?"

---

[1] 复学生,通常指的是那些中断学业一段时间后重新回到学校继续学习的学生。

仁雅露出让人看不透心思的笑容，摇了摇头。

"干吗来参加婚礼？也没啥意思，还浪费时间。"

那晚，我们三个人喝得酩酊大醉。在灯火通明的街头，仁雅摇摇晃晃地走在前面，她像走平衡木一样，张开双臂想保持平衡。我还是不太相信她大学时期在社团乐队弹过吉他、唱过原创歌曲，直到我们走到昏暗无人的小巷子里时，仁雅唱起了一首陌生歌曲的副歌部分。

Europa[1]
冻僵的 Europa
你是木星的月亮

即便我的生命到尽头
也是终究无法触及的冰冷

仁雅富有个性的音色惊艳到了我。她说话的时候，我没感觉到有什么特别，可唱歌时的音色却非常清澈。更特别的是，在进入高音声部时，清澈的音色就会发生微妙的变化。我从她

1　Europa（木卫二），又名欧罗巴，1610 年被伽利略发现，是木星的第六颗已知卫星，也是木星的第四大卫星，在伽利略发现的卫星中离木星第二近。

如清凉玻璃杯一样细腻的音色里面,感受到神奇的忧伤,它就像细小的水珠一样,时而凝结时而消失。

在那个夏夜,那是一个令人难忘的瞬间。不只是因为仁雅的歌声优美,也不只是因为我正值青春韶华,更不是因为我在那个瞬间爱上了仁雅。只是当仁雅的歌声戛然而止时,我看到自己压抑了二十多年的那份活生生的渴望,一下子拉开门闩走出我的心脏,在昏暗破旧的小巷中间,和我面对面站着。

*

"把眼睛闭上。"

我服从仁雅的命令。黑色的眼线笔在我的眼眶上安静地移动着。

"睁眼。"

我睁开眼睛,与镜子里既陌生又熟悉的面孔对视着。

"再闭上。"

我感受着仁雅拿着眼影棒在我的上眼皮上涂抹,接着用食指轻柔地抚弄着整个眼皮。

"睫毛我自己来吧。"

"那好吧。"

仁雅把睫毛膏递给了我。我缓慢且熟练地向上梳理睫毛,然后仔细端详镜子里变浓密的睫毛。

"嘴唇也自己来吗？"

我没有作答，只是接过了唇彩盘。仁雅离开梳妆台，坐到了床边。她脱下新连衣裙，让我穿上，自己换了一套白色运动服。或许是因为白色衣服的关系，她的脸显得更加苍白。

涂完口红后，我站到全身镜前。镜子里的我，将双手并拢在一起，文静地站在那里，大腿和小腿的毛用黑色连裤袜遮挡，深绿色连衣裙像空姐一样搭配了一条米色丝巾。

"怎么样？"

镜子里的仁雅，伸出一只手竖起大拇指，另一只手则摸索着放在床头柜上的烟盒。在我左右转着身子照镜子的时候，仁雅正往床后的窗户上吐着青色的烟。

"我想出门。"我小声嘀咕了一句。

仁雅微笑着说："肚子还不饿，等一会儿再出去吧。"

我打开仁雅衣柜最下面的抽屉，找到亮褐色的假发戴上。这是用高品质的全真人发做的假发，是花了相当高的价钱买的。我用双手打理鬈发，让它自然蓬松一些，然后跷起二郎腿坐到梳妆台前的椅子上。

"真的不饿吗？"

我像在一起很久的恋人一样，朝镜子里的仁雅问了一句。

"嗯，饿到恰到好处。"

仁雅把烟灰抖进烟灰缸。我摸索着镜子一侧的墙壁，关掉了开关，从镜子里瞥了一眼渐渐暗下来的窗外和坐在床边的仁雅。微弱的光线下，恍然觉得自己美得像幻影一样，我默默地望着镜子里的自己。

"那条鱼又出现在你梦里了吗？"我问道。

"什么鱼？"

"我说的是你做的噩梦。"

仁雅仿佛毫不知情似的，表情很淡定。在黑暗中，仁雅静静地忽闪着眼睛。

*

仁雅曾经也是这样忽闪着眼睛看着我的脸。那是在四年前的一个早春，公园喷泉上方强烈的阳光开始减弱的傍晚时分。

二十四岁的那个夏夜以后，我们偶尔见面。开始的几年，急性子的小学同学也一起聚，到后来，她跟合伙经营风投公司的大学同学结婚后，就去了越南做生意，所以就只剩我们两个人聚。因为我在公司脱不开身，所以大多是仁雅在中午来公司找我，用一个半小时到两个小时时间，一起吃个便饭或喝杯茶。我们的关系，多少有些肤浅，彼此很少谈及内心深处的想法，至少到那个早春的傍晚前，一直保持着这样的状态。

那天刚好顶头上司去日本出差,比较清闲,所以给过了下午三点才来的仁雅买了午饭后,我提议去散散步。当我们一人拎一杯咖啡,并排坐到公园喷泉前面的长椅上后,仁雅给我讲了结婚初期她经历的事情。有一次她婆家家庭聚会,丈夫和他的兄弟们递给她一个大塑料袋,说晚上吃鲜辣鱼汤。"我没多想,把袋子里切完生鱼片剩的骨头装到盆里。可当接完水要洗的时候,那条只剩骨头的鱼用力挣扎。鱼肉都已剔完了,却还活着,我不知不觉尖叫了一声。手一滑,松开了盆,水溅得脸上、上衣上,还有厨房的地板上到处都是。幸好鱼掉进了水槽里。见到这个情景,那些人哄堂大笑。'这可怎么办啊?还活着呢。'我这么一说,大嫂笑着接上了话:'什么怎么办啊?弟妹,你看着办呗。'我连自己哭了都不知道,一边流着泪一边把只剩骨头却还在动的鱼洗了之后扔进锅里,盖上锅盖。"

这些还算是平凡的故事。过了五年多的今天,她说那条鱼还偶尔会出现在噩梦里,虽然让我觉得有点夸张,但还是能理解。只是让我诧异的是,仁雅第一次跟我说起她的婚姻生活。我们以前聊的话题,大都是小心回避私生活的部分。我们认识的时间也不算短,但彼此并不是很了解对方。关于仁雅的事,我也就知道一点。在健康急剧恶化时,她辞掉了设计公司的工作。好像流产了不止一次,但我没有细问。后来,她想系统地学一下吉他弹奏。她曾说过,大学期间自学了吉他,但是时间一长，慢慢地没有了自信。但是出于不明原因的头痛，啥也没有做成，就荒废了好几年。相比之下，仁雅对我的了解，恐怕更少。出生在中产家庭，大学毕业后一直就职于不起眼的公司，都三十了，却没谈过一场像样的恋爱。面对我如此无聊的履历，仁雅会作何感想呢？

"这也太吓人了。"我不慌不忙地回答。"原来那东西，可以活那么久啊。"对于我心不在焉甚至有气无力的回答，仁雅似乎并没有刻意去理会，说话的嗓音反而渐渐高亢起来。接着，她讲起跟上一个故事毫无关联的故事。"我最近在读关于分形（Fractal）的书。很惊讶，我们体内分布的血管勾勒出的线条、大小河川延伸而形成支流的线条，还有树木的枝条向天空伸展的线条，居然那么相似。地铁出口的人流涌动，居然也在画着类似的线条。那么，人的一生也是这样吗？不是在空间上，而是在时间里，我们的人生也会沿着数学线条……几何学可预测的线条走下去吗？每当从地铁口走出来时，我就会想，那些画着数学线条行走的人，那些人和我有着相似的躯体，我们躯体内沿着相似的曲线蔓延的血管里，流着几乎一样温度的血液，在心脏的压力下，它们周而复始地循环……对这些，你不觉得神奇吗？那些人终究不会进入我的人生，我也同样无法进入他们的人生，却在一起画着那些线。"

还没等到惊慌失措的我回应一声，仁雅突然又将话题扯到了几年前报道的牙科医生杀人案上。"不过话又说回来，对尸体泡水里腐烂速度会慢的知识，那个人是不是通过学习已经掌握了呢？是不是先算好尸体腐烂的时间，再勒女人的脖子，然后巧妙地制造出不在场证据的？他能冷静到做完这一切吗？可是那个人体内的血管和我体内的血管，有着一样的线条。就是，与河川支流流过的线条、向上舒展的树枝的线条一模一样的线条。如果在同一个地铁站出口，那个人偶然与我擦肩而过的话，那人会和我一起成为曲线的一部分，然后泰然自若地走向不同方向，对吧？"

仁雅说到这儿的时候，我喊她的名字打断了她。"仁雅，你今天怎么了？你到底想说什么？"那一刻，仁雅爆发了，像过度上紧发条的八音盒那样，炸开了。像四处飞溅的零零碎碎的零件一样，在酒后真言般的倾诉中，我明白了，仁雅最近经历了很可怕的事情。她在经历了毫无因果逻辑的事情后，彷徨了很久后又偶然回到了原点，而且通过那个事情，变得异常地热情和执着。我不想知道她经历过什么，只是对仁雅经历过那些后，瘦弱的身体居然没被打垮，有时会感到恐惧。

我保持着一贯的沉着。我坚信无论遇到什么，都要保持淡定和冷静，只有冷漠和低调的姿态，才是我唯一的盾牌。我在仁雅说出的激烈的词汇、不完整的句子和毫无意义重复的关联词——所以、但是、不过——中，极力保持冷漠的时候，终于读懂了她的这些话,她是要拼命抓住救命稻草一样的东西。"有一件事令我很不解。至今你没做过伤害我的事,在过去的六年中,一次都没有。"如果我是个普普通通的男人,在那一刻,会不会把仁雅抱进怀里或握住她的手呢?

她突然停止了没有条理、草率且冗长的告白,一时间,我们俩陷入了尴尬的沉默。但当意识到轮到我回答时,我紧张得下巴都在微微颤抖。我用舌尖舔了舔下唇,开始有条不紊地说了起来。"这些年,你对我来说一直很特别,此时此刻也一样。但这不是因为我爱你,我只是想变成你的样子。"从仁雅的脸上,我看到了一种麻木的表情。原本充满灵气的眼神,在倾听我答复的瞬间,呆呆地像白痴一样。"我想拥有你那样的嗓音,想拥有你那样的身体,有些夜里,这种渴望都快把我逼疯了。"仁雅仔细端详着我的脸,因刚才的激动,她的眼眶和睫毛有些湿润。"更让我无法忍受的是,我的人生就这样流逝着,而且已经流逝了很多。你不会知道,我有多懦弱,懦弱的人所经历的人生如同漫长的惩罚一样。"

那天,我好像看到了沉浸在自己世界里的人突然走出来时才会有的最无防备的表情。过了一会儿,仁雅的眼睛笑了,如果说这个笑是可能对我心生爱慕的苦笑,也未免太过温柔了。

"靠近我一点。"

仁雅突然平静地说道。我没理解那句话的意思,坐在原地没动。仁雅坐到我这边，毫不犹豫地将自己的嘴唇叠在我的嘴唇上，大概过了十秒钟，她挪开嘴唇，严肃地说道："不能好好配合一下吗？"受到责备后，我把舌头伸进仁雅的嘴里。又过了十几秒，仁雅一边退回身子，一边轻声细语地说："好，从现在起我们成为真正的朋友。不，姐妹也行。你生日比我早，现在开始你就是姐姐。"

不知道从什么时候起，公园变得有些冷清。喷泉的落水声，寂静得有些奇妙。远处传来急促的脚步声和欢笑声，还有呼唤孩子的声音。我们竟然都没察觉有人一直盯着我们，不过也无所谓了。在余晖中，仁雅望向我的眼睛静静地发着光。

*

我和仁雅走在亮如白昼的街上，霓虹灯诡异地投下空洞的影子。我踩着十厘米的白色高跟鞋，塞在鞋子里的脚尖隐隐作痛，脚踝也酸痛。行人们有的好奇地偷偷瞄我一眼，有的则停下脚步，明目张胆地回头看。但是，我无所谓。厚底运动鞋搭配牛仔裤的仁雅保持着半步距离走在前面，我走在她的斜后方，眼睛盯着她的斜侧脸。仁雅虽是我的朋友，是我的姐妹，但我时常想和她亲吻。四年前，在喷泉旁边第一次亲吻以后，偶尔就有这个念头，或许与我的意愿无关，或许仅仅因为我是男的，又或许因为人的身体有记忆功能。我偶尔会小心翼翼地亲一下仁雅，让她不感到反感。因为我知道，仁雅不想进行下一步。

我好几次在耀眼的橱窗前停下脚步，入神地看着橱窗里陈列的商品。形形色色的漆皮鞋、短裙和飘逸的长裙、钻饰发夹，还有胸针，这些东西看上去之所以那么耀眼，也许是因为它们对我来说是不被允许的。仁雅虽然也喜欢看这些东西，但不会像我一样着迷。记得有一次仁雅对我说，不能相信这些东西，它们其实就是一场幻影。

就像仁雅说的那样，在这样的夜晚散步，对我来说就是漫步在幻影森林或海底一样。穿上连衣裙和高跟鞋，化上浓妆，漫无目的地走在我土生土长的城市的繁华街道上。在这个街头，即便偶遇认识的人，那个人也不会认出我。所有的这一切，那样地辉煌灿烂，又如此迫切得让人心痛，以至于我有时想流泪。但是，我并没有流泪，就只是凝视仁雅的侧脸，也让我发热的眼眶瞬间变凉。仁雅为了不妨碍我，故意和我保持半步距离走在前面，她的侧脸像块石头一样坚定。

走着走着，繁华的霓虹灯逐渐淡去，在退去繁华的尽头，仁雅停下脚步问我："我们往回走吗？"

话音刚落，我们几乎同时转身朝繁华的街道走去。

在这样的夜晚散步，最重要的就是要忍受他人的视线。我承受着那些带有偏见和厌恶、轻蔑和恐惧，有的明目张胆、有的鬼鬼祟祟的视线，默默地行走在街上。当遇到感情过于强烈的视线时，仁雅就会跟我搭起话来，挽起我的胳膊或拉着我的手，眉开眼笑地仰头看我。那时我的脑海里，就会浮现出很久以前的电影场景。一对女同性恋者，挽着手臂走在阳光明媚的大街上。她们爱抚着对方的脸颊、肩膀和胳膊，走过一个个建筑拐角。她们笑着，亲吻着。镜头用了十来分钟的时间无声地展示着她们的亲密举动，当两个人消失在拐角时，镜头紧随其后，最后俯拍的画面是两个人被钝器击中头部而流血身亡。两人并排躺在血泊中，片尾字幕缓缓向上滚动。

没有被钝器打伤头，也没有流着鲜血的我们，又回到繁华街道的霓虹灯下。醉酒的人们擦肩而过，在过度伤感的抒情音乐声中，我们一步一步缓慢向前。

在之前看好的发夹的橱窗前，我停住了脚步，仔细打量起装饰有华丽的红色水晶花的发夹。我一回头，站在斜后方的仁雅，温柔地问道："想买吗？"

我没有作答，而是直接推开笨重的玻璃门，进了商店。年轻的服务员掩饰着困惑的表情，向我投来微笑，我给了服务员一个最美的笑容。我能感觉到仁雅悄无声息地也跟了进来。

*

后来我才知道,我们在喷泉旁边的长椅上告白的时候,仁雅刚刚结束婚姻生活不久。因为或多或少有一些精神补偿款——我依然没能问个究竟,但貌似是对仁雅遭受家暴的一笔补偿款——所以还不至于被生计所迫,可后面的一年里,仁雅拼命赚钱。她先是在大型超市当收银员,没过多久就得到上司的赏识,被调到退货处理组。等到再一次调动部门时,她就辞职了。在那之后的几个月里,她患上了严重的抑郁症。她跟我说过:"总感觉有黑色的毒液从后脑勺流到里面。那时候,我浑身动弹不得,也睡不着。"就在感觉自己快坚持不下去的最后时刻,她联系上了大学期间一起搞乐队的朋友。当时由于仁雅的状态非常糟糕,即使我不断鼓励她起来活动,却暗中预想仁雅可能没希望。然而,就像以为已经死了的盆栽奇迹般地开出鲜花一样,仁雅活了过来。

我偶尔会拿出仁雅在前年夏天制作的第一张唱片来听。那张唱片没有制作公司,全部由仁雅自己制作,它只在弘大[1]附近的唱片店和网络上销售。她写那些歌曲,并用难以置信的毅力没日没夜地练习吉他和歌。"失眠也有好处,有足够的时间

---

[1] 弘益大学的简称。

练习。"她因为没有像样的录音棚,所以就去朋友位于屋塔房[1]里的工作室录音。"双层的窗户关严实,拉上遮光窗帘。因为不能把机械音录进去,所以关掉空调和冰箱,电脑主机也要盖上毯子。录完一首曲子,就赶紧取下毯子降温,再继续录……浑身是汗。"那段时间,仁雅把一直穿的黑色系衣服,依次给扔掉了。头发染成鲜艳的颜色,又添置了几件颜色鲜明的黄衬衫和水洗牛仔裤之类不值钱的衣服。即便如此,和我第一次见到她的那个夏夜里听到的歌相比,唱片的歌曲色彩也忧郁了不少。她纯洁无瑕的声音怕是再也找不回来了。在人为添加噪声和粗糙音效的极其梦幻的伴奏里,仁雅的嗓音就像和什么东西激烈抗争一样,柔弱而深沉。

第一次在俱乐部演出时,仁雅邀请了我。她在电话里说道:"来的时候,你可以装扮成你想成为的模样。"但由于是周三晚上的演出,我没时间回家换衣服,一下班就以白衬衫配领带的装扮赶了过去,所以提前四十分钟就到了。可能乐队队友还没来,只见仁雅正一个人背着吉他在舞台上徘徊。见到我来,她向我挥了挥手。"就五分钟,去抽支烟再回来吧。"仁雅在前面带着我走出地下俱乐部,来到旁边楼的停车场。

---

[1] 屋塔房是韩国人对一种阁楼的称呼,指房屋最高的那一层,在天台上,简陋,冬冷夏热,层高比较矮。

时间虽已接近晚上七点,但八月的傍晚,天还很亮。本以为仁雅会先拿出香烟,谁知背着吉他的仁雅,却从白色棉质连衣裙腰间的大口袋里拿出了指甲刀。左手的指甲看着并不长,她却用指甲刀仔细修剪,再用指甲锉修整了一遍。细长的指甲随意地散落在停车场的地面上,这期间仁雅一直保持着沉默。端详着她那张安详的侧脸,我站在旁边默不作声。好像就是那时候,我第一次觉得自己爱上了仁雅。这种确信来自一个女人,这让我很困惑。我为了疏远这种感情,故意问了些冷漠的问题。"你第一个出场吗?""我拜托他们,让我第一个出场。""为什么?""因为有事没能彩排,想自己提前过来先热热身。如果中间出场,准备时间就只有五分钟,那样感觉会更紧张。""很久没有在很多人面前唱歌了吧?""差不多有八年了。大四那年,这个俱乐部还没搬过来之前,参加了试唱,然后和一起搞乐队的朋友演出过四场。""反正最后还是搞音乐,之前为什么放弃了呢?""因为我很懦弱。""那你为什么突然和那个人结婚?""因为对方是医生。""就这个理由吗?""因为我是个俗人。""真犀利啊。""本质上,我这个人很庸俗。"

仁雅剪好指甲后将指甲刀放进了连衣裙口袋里。她拿出香烟叼在嘴里,摸索着打火机,我突然想把手放在她结实的脸颊上,可是我连握手的勇气都没有。

回到俱乐部,我从吧台接过一罐啤酒,坐在了靠墙最暗的位置。背对着不足二十个观众，仁雅与架子鼓手和键盘手打了招呼后开始调起音来，其间有几次拿起小瓶矿泉水抿了几口。

演出开始后，仁雅共唱了五首曲子。唱完第一首以后，仁雅简单介绍了自己和几位乐队伴奏，接着唱完两首曲子后，把前一天晚上做过的梦讲出来活跃了一下气氛。"梦里，我在弹吉他时琴弦断了。因为没有备用琴弦，我跟后面出场的乐队借了把吉他，但没想到当我弹到同一个位置时，琴弦又断了。我让观众等我一会儿，然后跑出去买琴弦，可是巷子错综复杂得像迷宫一样，我走着走着，前面出现了一条很奇怪的街道。"接下来，仁雅唱的是一首节奏明快的曲子。前面的四首是收录在唱片中的，也是我听过的曲子。最后一首歌，据说是不久前的新作品，歌曲前奏的键盘伴奏曲风和缓、宁静。

夏夜已深，
拖着疲惫的身躯，走出地铁站。
脸上长满胡子的男人们，
围坐在纸盒子上。
五颜六色的横幅像挽幛一样挂着，
我以为走错了出口，
停下脚步读了横幅上的字。

预想不到的歌词内容,让观众席顿时陷入了沉重的寂静。这时,架子鼓的声音打破了寂静,仁雅干瘦的手也开始了扫弦。进入高音声部后,仁雅凄然的歌声伴着节奏响彻观众席。

他们对我提出了
死亡的要求。

但是我不会死。

仁雅用夹杂着风声一样的假声唱了副歌部分。

那一刻,
我的心脏被点燃了冰冷之火,
一片鳞片,
从我的眼睛被狠狠剥开。

*

此时,我和仁雅已完全走出热闹的街区。离仁雅家越近,人行道的地砖就越是坑洼不平。高跟鞋的细高跟松动了,脚时不时地向两边歪,搞不好就会崴到脚。

"脚不疼吗？"仁雅有些埋怨地问道。

"所以我说，别买鞋跟太高的，个子还那么高。"

我笑着回答："疼得恰到好处。"

仁雅也跟着低声笑了起来，那是让我意识到自己处在多么危险境地的笑。仁雅让我明白了，自己多么迫切地想成为女人；也让我明白了，我也有可能以男人之身想拥抱女人。看着仁雅，会让我想起小时候望着渐渐变暗的巷子，盼着妈妈回来的那个傍晚；让我想起，因为没有雨伞，站在教室屋檐下盼着雨停的那个下午。在那些瞬间，仁雅的脸不知不觉地跟我意识里茫然想见的某个陌生人的脸重叠在一起了。

仁雅脸上的笑容，很快就消失了，我也没有继续笑。我拖着十厘米高的漆皮高跟鞋，一瘸一拐地走着。当走到像枯井一样狭窄肮脏的胡同口时，我请她唱那首歌给我听。

"哪一首？"

"你以前给我唱过呀。我很好奇那首曲子为什么没录到唱片里。"

"以前？什么时候？"

我唱了一段能想起来的部分。

   Europa

  冻僵的 Europa

你是木星的月亮

仁雅忍不住放声大笑。
"我什么时候在你面前唱过啊?"
我有些失望,仁雅忘了那晚的事。
"歌词很长,可能很多都忘了。"
仁雅有些迟疑:"……有可能唱不到最后。"
但是她没有再推托,用低沉的嗓音唱起了那首歌。

Europa
你是木星的月亮
不是岩石,而是由冰块覆盖的月亮

虽然像地球的月亮一样明亮
却不像地球的月亮那样
留下了伤疤

无论多大的陨石相撞
冰层融化会被填满
像谎言一样,重新变圆,
像巨大的玻璃球一样,变光滑

我注视着我俩高挑的影子比我们更快地走进巷子，跟着仁雅小声哼唱起副歌部分。因为起调很低，仁雅的嗓音没有进入又高又凄凉的音域。直到唱完整首歌，她的歌声都很低沉。

>Europa
>冻僵的 Europa
>你是木星的月亮
>
>即便我的生命活到尽头
>也是终究无法触及的冰冷

*

大多数人一辈子都不怎么改变自己的个性和样子，然而有些人会好几次改变自己的身体。我现在好像明白，认识了十年的仁雅，就是那样的人。

过去一年里，只要有人找，仁雅就会去唱歌。有时会有一些报酬，但大多数情况下，连车费都拿不到。有一次唱完歌以后，和听众们一起在街上走的时候，被掺有催泪液的高压水枪击中，吉他都坏了。现在，仁雅和很多我不认识的人见面且走得很近，以后还会和更多的人认识。大概两个月前，我去仁雅家时，她对我说："我凌晨接到电话，说需要调查一些情况，会马上来家里接我。一个男人让我提前做好准备，说一个小时就到。我洗完脸，穿好衣服，把几片卫生巾和之前吃过的神经安定剂装进夹克内兜，但谁都没来。也许只是想吓唬我吧。说来也奇怪，我以为九十年代以后，这种事不会再发生。"

那时，我刚洗了脸准备去夜间散步。为了尽量不留胡须印，重新刮过的脸，在镜子里显得很苍白。仁雅从镜子里看着我，可能是因为前一天晚上没睡好，她的脸看上去比实际年龄更显老。我假装心不在焉地问道："……一定要去那种地方唱歌吗？你原来对这种事不是没兴趣吗？"

她盘腿坐在床上，沉思了片刻后反问道："记得吗？我以前说过，让你说服我。"

我没有点头，但是记得这事。在仁雅打算重新唱歌的时候，我觉得她无法重新站起来，于是带着罪恶感偷偷去算过命。就是那个时候，仁雅曾对我说过："你来说服我，为什么要继续活下去？也就是说，我继续活着有什么意义？"

见我犹豫不决，仁雅不等我回答，接着说道："我这个人，本质上就很庸俗。这句话我以前也说过，记得吗？"

虽然记得，但我还是没有作声。在镜子前我转过身，看到仁雅淡淡的目光正凝视着我的脸。

"我正在老去，以后还会更老。"

仁雅每次把嘴唇合上又张开时,嘴边的细纹就会若隐若现。我知道,她在半年前签署了器官和角膜捐赠协议。状态好时,她会躺在献血车里的塑料床上,采两袋血,这是我偶然在她的抽屉里翻到几十张献血证后才知道的。当她漫不经心地说,把自己的尸体捐出去,给医学生实习解剖用时,我转移了视线,装作没听到。因为我仿佛已经看到,被剥光皮的仁雅躺在手术床上扭动身体的幻影。

"向内,我能探求的都探求过了。除了走出去,已经无路可走。当悟出来的那一刻,才明白葬礼已结束,明白不能再像举行葬礼一样活着。当然,我依旧不相信别人,也不相信这个世界。但比起不相信自己,这种失望算不上什么。"

我屏住呼吸倾听着她的话,她的语气像是在抗拒着什么一样,坚定无比。

"但是,我刚才说的这些,并不能算作对你刚才问到的为什么要去那种地方唱那种歌的真正答复。那个问题的答案,我不想对你说。"

*

已经是很久以前的事了。

在她不经意地说"我帮你"时,我没有立刻明白其中的意思。"我是说,你成为你想成为的人那件事。我想想,能帮你什么。"这是在她重新开始写歌、像死而复生的盆栽一样重新美丽绽放的时候,我们即将开始夜晚散步前发生的事情。

之后,一晃过了一年半。有一次,我和仁雅去了她首次演出的俱乐部。凭借口碑相传,仁雅的唱片逐渐有了销量,慕名而来的听众也突增,仁雅再也不用在那个俱乐部和其他乐团一起没报酬地演出了。在小剧场或借一天其他俱乐部的场地开个人演唱会,也成了可能。听仁雅说,她会偶尔去那家俱乐部,找个角落独自坐一坐。而那天就是与我同行的。

那晚,乐队演奏的音量高到能把观众的心脏给震碎,所以几乎听不到歌词。当我感觉到观众的心脏——尤其是我的心脏——要和他们的电吉他、贝斯、架子鼓一起快要喷血爆发时,我向仁雅示意离开。踩着吱吱作响的木质楼梯来到一层的地面上,初冬夜晚的空气格外宁静、寒冷。

那时,仁雅笑着说道:"其实,比起演出,我更喜欢一个人待着,估计谁都会有同感。"又对着回头看的我调皮地皱起了鼻子,"一个人在屋里抱着吉他找音律的时候,填词的时候,修改歌词、再找音律、记下来再试唱的时候。"

仁雅温柔地叫了我的名字后,接着问道:"如果你能按你的意愿出生,你会做什么?"我没有作答。"如果全都能如愿以偿,你会做什么?"我依旧没有作答。如果那一刻,我把激烈又扎心的话说出口,我们之间也许会第一次发生争吵,也许那一次会变成最后一次——别开玩笑了。不要觉得我爱你,你就可以要求我回答这种问题。闭嘴!你闭嘴!

*

我用卸妆油卸了妆,再用花洒喷出来的热水洗了好一会儿身子,然后把早上穿的衣服一一穿好。我透过洗漱台上的镜子,与既熟悉又陌生的人对视着。我不清楚他是谁,从未认识的人就站在那里。眼前的男人不再是年轻的面孔,而是一张徐徐刻出顽固皱纹老去的面孔。

洗澡时因为流水声没听到,此时从仁雅的练习室传来没连接放大器的电吉他的金属音。我靠着贴瓷砖的墙,一直到刚在巷子里唱的那首曲子缓缓弹奏完为止。在确认练习室的房门被安静地开了又关上的声音后,我打开冷水,又洗了一把脸。

我把洗澡时洗好的文胸和丝袜晾在了阳台的晾衣架上。为了不破坏假发,我小心地将假发卷起来放进仁雅的抽屉内,又将连衣裙和丝巾挂回衣架上。不知何时,仁雅已经把身体深深地埋进被子里,静静地注视着我。我看到,夜深后她眼底的黑影越发明显。都说葬礼已结束,仁雅为什么还是会做噩梦?

我虽然不知道她做的噩梦,但对自己做的最隐秘而淫乱的梦还是清楚地知道的。有时，我梦见自己亲吻仁雅身体上最奇怪的部位，就是她骨盆的内侧，有两三根青色的细静脉像纤细的结一样聚在一起隆起的部分。我的嘴唇一个劲儿地揉搓着苍白透明的皮肤下面、长得有些奇特的痕迹。在梦里，因为那件事过于幸福，我希望永远都不要结束。每当她扭动腰部，我就会更温柔地亲吻它，仿佛我的舌头黏在了那个地方一样，永远不会分开。

我知道，那是很久以前，在她最黑暗的时期，只有在那个晚上的几个小时里才被允许的事情。我知道，经历了这些事以后，我们还要继续生活下去。我知道，一切如幻影般转瞬即逝后，也只能艰难地走下去。

我默默走到床边，短暂地亲吻了仁雅。仁雅的嘴里有苦涩的烟味。她至今没说过我懦弱，也没有让我跳出过我的界限。只是偶尔陪我一起在夜晚的大街上走一走。就好像我们之间什么都没有发生过一样，时而深情时而无情；就好像我们从来没有紧紧相拥着抚摸过对方、从来没有痛苦却迷恋地缠绵过一样。

"好好演出，周五。"

仁雅没有回答，只是微笑着说："我不送了。"

我也不相信别人。看着仁雅让人有点心痛的微笑，我这样想。我知道，总有一天，我们会彼此深深地伤害对方；我知道，我们的散步不可能永远。

我在离开仁雅的房间前问道:"直接睡吗?给你关灯吗?"

她依然微笑着只点了点头。

我像服从命令一样关上了灯。仁雅坚实而苍白的脸瞬间被吞没在黑暗中。我冷静地压抑着重新把灯亮起,抑或也压抑住向那不明的黑暗尖叫的冲动。

罕萨

为了避让野猫的尸体,她改变车道的方式有些偏激。算上今天已经是第四天了。原本可以从容辨识出来的浑身淡黄色的绒毛、肌肤轮廓柔韧的这只猫,现在几乎已经腐烂。再过几天,就会被无数车辆碾压得毫无体积感。

她开始提速,在以一百二十千米时速驰骋的无数车辆发出的轰鸣声中,已有十年车龄的这辆小轿车正在制造着恐怖的噪声,每次去踩油门都能感觉到像数十只昆虫扑腾翅膀一样的声响在响并逐渐扩大。她将收音机打开又关上,把卡带放进去后又拿了出来。车子一会儿被吞没在隧道的黑暗之中,一会儿又被吐出到隧道外的光明之中,就如同孤寂的一声惨叫般简短而又飞快。

*

"不是我撞死的。"女人喃喃自语。仿佛将自己的声音吞噬得无影无踪的并不是噪声本身,而是很晚才会落幕的夏天的光照。她双手握着方向盘皱起了眉头。

*

那是一只已经死去了的猫。

如果去避让它,就有可能与左侧车道上的大型柴油卡车发生冲撞。

在暮色的照耀下闪闪发光的淡黄色绒毛已经被血浸湿。

造成那堆绒毛看似在动弹的错觉是急驰而过的大型卡车掀起来的风。

*

如果可以忘掉那个柔软的肉体被她的车轮碾碎时的感觉就好了。

可是她感觉到的痛苦却并非因为这个。

在过去的几年里,哪怕只有一天能够像死了似的沉睡一回也好。

但是这也不是她深恶痛绝的全部理由。

要不停加班和熬夜的黑色监察季正在逼近。她丈夫的情况变得更糟了。她儿子正在独自等着她。

但是,其中任何一个都无法完美解释她当下正在感受的痛苦。

急驰在高速公路上的轿车驾驶座是让人陷入沉思的绝好位置,这种想法同时也是个疯子的行径。

在这条往返了十年的通勤公路上,她如此罕见地放声祷告起来。不曾有过任何宗教归属的她也只能是想到什么就表白什么了。当发现紧跟在后面的旁边车道上的车子连转向灯都不打一下就要挤到自己车的前面来时,她就会冲着这辆车狠命地按下喇叭。更少见的是,她将收音机音量开得很大,还会每分钟都去调换一个频道,对着新闻、访谈、音乐节目中传出来的无数个嗓音去肆意回撑和插话。而在天气非常阴沉、视野变窄之日,她还对着低空掠过前风挡玻璃的喜鹊嘟囔上几句。

"别飞得那么低。不小心会死的。"

还曾有过踩油门踩到右小腿抽筋的情况。当时她用左右脚轮番交替踩着油门和刹车踏板,好不容易才把车停到了应急车道,然后直到惊恐完全平息才停止了将脏话掺杂在祈祷中的宣泄。

但是这次她在车里这样自言自语几乎可以说是个例外。其实,无论是平时还是在开车时她都很安静。开车时即使偶尔开了音乐也不是认真去听。就算是疯子的行径也无法阻止她陷入沉思。

当汽车朝着集柔和与孤寂的曲线美于一身的侧卧着的山峦的方向急驰之时，在倏地驶入像巨大锥孔一样的隧道之时，在隧道入口处绽开着的像丧舆装饰一样的白色花朵唤醒记忆之时，她都陷入了沉思。而向着出口处有光的方向急驰的过程里，她会忘掉一切。她忘记这是自己路过的第几个隧道。是不是离抽取高速公路通行券的收费站已经很接近了，或者都已经抽取过了？现在是一天当中的什么时候？甚至她忘记了自己的名字和长相。

*

"罕萨"[1]。

让她如此深陷于沉思之中而不能自拔的，是罕萨。

七年前的早春时分，在与小组队员们共进午餐时，她第一次听到了这个名字。大学毕业前曾去偏僻地区周游过一年的客

---

[1] 地名，罕萨的外文名为Hunza，又称洪扎、坎巨提，位于巴基斯坦东北部，其首府以前名为"巴勒提特（Baltit）"，现名为"卡里马巴德（Karimabad）"。罕萨的罕萨山谷非常有名。罕萨山谷是巴基斯坦最美丽的山谷之一，是美得像漫画一样的地方。罕萨山谷高峰和冰川密集，是地球上最令人敬畏的山地景观之一，是地质学家、登山家和旅行家梦寐以求的地方。在喀喇昆仑公路（KKH，也叫中巴公路）开通之前，这里只有两万人，是一个封闭、自给自足的罕萨王国。

户公司的年轻男职员也加入了聚餐。在摆满荞麦面、荞麦凉粉和荞麦饼的乡村饭桌前，他乖乖地顺着别人的提问道出了自己的旅行见闻。当人们问他旅行中印象最深的地方是哪里时，他用浓重的大邱[1]方言回答是罕萨。组长反问道："罕萨？听起来不是女人的名字吗？"[2]组长的反问换来了座位上的人们哄堂大笑。"好吧，那是做什么的地方？"这位往日偏僻地区的旅行者红着脸回答："是四周被万年积雪环抱、杏花无边无际盛开的地方。"组长哈哈大笑着插了句话："就是说，那里是世外桃源呗。"笑声再一次从座席当中传了出来。

那天下班的路上，她去附近的大型书店查阅了《孤独星球》（巴基斯坦篇）。只有英文版，而其中有关罕萨的部分也不过就四五页的样子。空着手回到家的女人凌晨就起床打开了客厅的电脑。在光标闪烁的搜索框中第一次敲入了"罕萨"这个词。

1　地名，全名大邱广域市，是除首尔、釜山、仁川之外的韩国第四大城市，位于韩国东南部，面积约880平方千米，2022年人口约236.8万人。大邱人使用的方言属庆尚北道方言。
2　"罕萨"的韩文名是"훈자（读音：hunza）"，其中"자（za）"的发音跟"자（子）"相同，根据发音容易让人联想起"薰子"，而"자（za）"是韩国传统女性名字中比较常用的字。

罕萨，是千年前灭亡的罕萨王国的遗址，位于巴基斯坦东北方向偏僻的山区。去那里要从两条陆路中选择一条。第一个是从中国新疆的边境城市喀什噶尔出发，需乘坐汽车整整两天；第二个是从巴基斯坦的首都伊斯兰堡出发，要乘坐汽车一天。

直到天亮，她把作为王宫所在地来讲明显过于简陋的罕萨城的内部查看了一遍。她又看到，山顶冰川融化的水流下来又流入土壤，并通过管道引入各户人家，被人们使用的、像淘过米一样黏稠的自来水，泛着白色的光泽。罕萨人身材娇小，长着东西方人种混合起来的好看的面孔。孩子们好像很喜欢拍照，他们穿着寒酸的毛衣，微笑着露出洁白的牙齿。图片上的孩子们在凝视着她的脸庞。

*

一直到那个春天就要过去之时，每当在纷乱的阳光下开车上班的时候，三十二岁的她满脑子想着的都是罕萨。在让双眼感到酸涩的光线之中，在让生理性泪水聚集到一起的光线之中，在若隐若现的魔幻正在升腾着的光线之中，她一边将车子从弯道拐过，一边还在想着罕萨。

她对第一条陆路偏爱有加。行驶在牺牲了无数筑路人生命才得以在悬崖峭壁上开凿而成的卡拉科拉姆高速公路上，如果开车开到了天将要黑时就得找个交通宾馆住一个晚上才行，当然，次日凌晨还要重新登上汽车再坐上一整天。无论抬头望向何处，都是海拔六千米上的、覆盖着白雪的山峰随处可见的、被称为地球上最美丽的那条路。罕萨，如同一声叹息那样，说出现就会出现。这里是因为地势高而要一直等到晚春时分才能看到杏花开遍山野的地方，是每一个店铺到了秋天都会堆满杏干的地方，是因为进去一回就不想离开而被称作长期旅行者黑洞的地方。

*

那个春天，她的孩子刚刚过完了两周岁生日。除去刚洗完澡时，孩子全身上下总是黏糊糊的；就像所有孩子那样，她的孩子经常也会有一点呕吐的症状；即使没花多少时间陪伴过，孩子也会本能地深深爱上她。上了一天漫长的班，筋疲力尽的她刚一到家，孩子的保姆就立即下了班。早上因为害怕和她分离而哭泣的孩子，到了现在又因害怕保姆离开而哭了起来，而一旦保姆走出了玄关，孩子就会紧紧黏在她身上不愿分开。

她对孩子的感情，与其说是爱，不如说是一种痛苦来得更加贴切。不久前，孩子得了肺炎并康复之后，痛苦越发地强烈起来。当她抚摸着孩子那被汗水浸湿的可怜的头发，抚摸着患感冒的夜晚因发烧而将吃过的东西都给吐出来后吮吸着大拇指躺着的孩子侧脸的时候，尽管是自己的孩子，她的手偶尔也会因自己过分的小心翼翼而颤抖。将在睡前爱闹腾的孩子好不容易哄睡后，她一边用自己的手久久地揉搓因在高速路上一路驾车而僵硬起来的肩膀，一边在黑暗中睁着双眼紧紧盯着灰蒙蒙的天花板。

一直以来都在首都圈的两所大学做兼职讲师的丈夫，在学校里主讲作为公共选修课的哲学，他回家一般都比较晚，偶尔早点回来，也不会和孩子有半点情感互动的行为。有时明明孩子在哭，他还弓着腰半立在书桌前忙着修改自己手中的论文。孩子也不愿意跟爸爸，偶尔爸爸要抱一抱时就会挣扎着放声大哭。

她曾在临盆的前夜，因纠结丈夫在首次面试时该系哪条领带而在街道上徘徊到很晚，就像挑选一条好领带的事情直接关乎次日面试的成败一样。她挺着大肚子，在好几个商家的专柜前无数次将丈夫的面孔浮现到眼前，去比较价格，再对着虚空给虚幻的人穿上衬衣试想着打上领带的效果。

在经历了好几次失望之后，她终于承认了丈夫找到工作的可能性很渺茫这一事实。出于种种原因，他拿到学位的时间要比同龄人晚，但问题不光是这些。他是特别缺乏亲和力的人，身上有一种可称作固有个性的独特冷漠。多亏了那近乎死心的冷漠，他才得以能够安静地避开任何挫折和愤怒而继续生活下去，同时，对待热情或者怜悯、缠绵的爱情也能够沉着冷静地一带而过。

那个春天，揉搓着自己僵硬的肩膀，在黑暗中紧紧盯着灰蒙蒙的天花板，她不得不开始接受只剩下自己一个人这一事实。她是需要永远扛下这个家的家务活和赚钱养家工作的一个人，是需要不附带任何条件地关爱孩子直至成年的唯一的人。

*

那年秋天，她将不到三岁的孩子托送到区属[1]幼儿园。比起雇保姆，费用开支上还是有了些许减少。用省下来的钱再加上全税房保证金[2]和长期贷款，她鼓起勇气购置了附近的一套

---

1 区为韩国二级行政区域，一般设在一级行政区域特别市、广域市、道等下面。区下又设洞、里、邑等三级行政区域。
2 韩文原文为"전세（傳貰）"，中文一般译为"传贳（chuán shì）""全税"或"全租"。传贳形式下，房主一次性向租客收缴接近于房屋市场价或者以约定好的房屋市场价为基础的某个比率的钱款作为承租方的入住保证金，租期结束时房主将保证金再全额返退给承租方，相当于承租方在租房时只损失银行存款本金的对应利息即可租到房子的一种房屋租赁形式。

中小户型公寓。

之后的将近七年里,她每月工资卡里都有三分之一的钱数会以自动扣款的形式被扣掉,用以偿还本金和利息,即便这样,她还是连一半的债务都没能还清。在两次裁员中她奇迹般地活了下来,虽然职位像蜗牛一样在慢慢地往上爬着,但薪水却因故长期冻结,甚至还被削减。

女人的丈夫仍然没能找到工作。比起同龄人来,他刘海儿的变白显得有些过早了,背也有些驼了。孩子则在茁壮地成长着,如今已成为小学生,长长的下午,孩子往返于小区商铺里的几个补习班。

*

很久以来,她一直都在关注罕萨附近地区的局势。在巴基斯坦,军事冲突时断时续,局势一直不稳。罕萨地处偏僻地带,虽然一如既往地安静,但很难讲通往那里的两条陆路是安全的。

她的性格决定了她并不适合成为探险家、登山家或者随军记者。

尽管离罕萨那么遥远,她却偶尔会做关于灯火管制、夜间轰炸、少年自杀式炸弹恐怖袭击的噩梦。

*

通往罕萨的公路上，有时危机有所缓解的时间会持续比较长。经验丰富的旅行者们善于判断局势，当他们完成罕萨旅行后，会在互联网上四处留下痕迹。她把它们都找出来读了。她用来上网冲浪的时间并不是很多，但却得益于每次自己关闭浏览器之前都会在搜索栏输入"罕萨"二字，使得自己能够很好地利用网络的自动推送功能迅速获取必要的信息。

从门户网站的博客和个人空间中查到的文字及照片中不难发现，罕萨在缓慢地发生着变化。那里入驻了一些规模虽小但很干净的酒店，向渐渐增多的游客售卖纪念品的店铺也开始出现。晚上的治安则大不如前，据说还出现一些游客独自在巷子里散步时，所有随身物品都被抢了的情况。

在距离罕萨很遥远之处的凌晨，她梦到自己在俯瞰趴在阴暗胡同里的、满身是泥的自己的背影。

*

晚春的一天，她和组员们一起去了餐厅，在餐厅里她看到巨幅的壁挂式电视画面中正在播放广告。一位皮肤特别白皙的女演员正在池塘里洗脸，那个池塘的水面映出了雪山的山峰，之后外形精致的化妆品容器跟冰封的山顶画面重叠在了一起。

"难道是阿尔卑斯山吗？"就在漫不经心地思考着的时候，她的耳朵听到了广告语："注入到里面的是享誉世界的长寿村——罕萨地区的冰川水哦。"

当罕萨的杏树慢慢从画面掠过时，她像丢了魂似的扭曲着脸笑了起来。"组长，您为什么笑呀？"对于最小的员工的这句问话，她竟不知该如何回答，她的脸一直红到了脖子。

*

由于这是个延续了很久的习惯，她根本无法停止去思念罕萨。

她要想的是，不是罕萨的罕萨。

去想一个不是罕萨的罕萨这个事情可远比想真实的罕萨要难得多，甚至几乎不可能。

她的罕萨不再存在于英文版《孤独星球》（巴基斯坦篇）和她设了密码的文档中的新疆地区和巴基斯坦的地图当中，也不再存在于只要在搜索栏里敲入"罕萨"就会被列举出来的博客和个人空间的链接条目当中，更不再存在于又长又复杂的化妆品名字以及像是被雕刻出来的美丽的女演员的侧脸当中。

*

就在她做的无数次噩梦当中，罕萨覆盖着白雪的溪谷像煤焦油一样黏糊糊地融化下来。住在交通宾馆的她被裹上又厚又湿的毯子绑架了。黑黑的罩袍，可怕的监禁、强奸和劳动，毫无胜算的逃脱。

在无数次的噩梦当中，她梦见自己在进入巴基斯坦的边境检查站时，被没收了护照和行李，跪在了泥地上，太阳穴上还顶着枪口。

在无数个黑暗的幻想之中，她开着一辆老旧的车向机场急驰，车子经受住了发动机过热而导致的爆炸所带来的热气，却愚蠢地冻僵在飞机的货舱里，并被抛落至罕萨尖锐的冰河中，"脑袋"也摔得粉碎。

她赤着脚走在卡拉科拉姆高速公路上。东方已经破晓，只见冰冷的残月在黑暗中像剃须刀的刀片一样升起。她被悄无声息靠近的野兽咬破了脖颈，喉咙里吐不出半点惨叫声。

*

她的孩子受伤是初夏到来之时的事情。

*

孩子伤到白色短袖 T 恤上都是血的程度。虽说幸好没有伤及骨头，但是由于左脚踝的韧带被拉伤，不可避免地至少需要打一半的石膏才行，脸上也留下了不少即使长大后都不会消失的伤疤。孩子正在小区内的路面上骑着脚踏车，一辆轿车从孩子的左侧紧贴着驶过，右侧停靠着面包车。孩子没有将自行车停下，只是闭上了双眼。

"一、二、三，原以为数到三时就能变身。"

孩子躺在医院的病床上如实地告白道。

从公司直接跑过来的她战战兢兢地问道："……变成什么？"

"速度怪兽。"

看着对面年轻的儿童咨询师严肃的表情，她尽量平静地做了说明：关于虽然想再多花点时间来照顾孩子却无能为力的自己的现实情况，还有不仅承担不了育儿的责任，连象征性地照顾一下孩子都做不到的丈夫的性格。

咨询师对于她的告白表示了完完全全的——职业上的——同情。当接着再问询双方家庭的精神病史时，咨询师的眼睛也不至于再瞪得圆圆的了，不过给了她三个解决方案。第一，寻找可以照顾孩子的第三方援助人；第二，跟孩子在一起的时候要尽量无忧无虑地度过愉快的时光；第三，劝她的丈夫到咨询师那里接受咨询。对于几乎没有任何补充必要的、再明确不过的建议，她毫不犹豫地点头接受了。

*

时间已经过去了一个多月，她仍然没有找到表示愿意援助孩子的第三方人选。说服丈夫去咨询师那里的事情也没能办成。只是和孩子同住在一起的短暂时间里，她却成为一个想要用热情来补偿能力不足的喜剧小丑一样的人。在讲笑话、捶胸顿足哈哈大笑的时候，她一阵一阵地感觉到了如薄冰般晶莹剔透的幸福。还时不时地自问道，自己是不是在偷偷地走向疯癫，给孩子带来致命性影响的会不会不是别人而恰恰是自己呢？

*

她再也不去想罕萨了。

无论是真实的罕萨,或者不是罕萨那样的罕萨,都不再去想了。

虽说仍会像往常那样无法沉睡,却再也没有遭受噩梦的折磨。

于是便不知从哪一天开始,因为睡眠不足,感觉比实际更干燥而粗糙的事物上面,浮现出绝对不可能是罕萨的东西,随后又消失了。

只有她才会知道那个就是罕萨,至于那个为什么是罕萨的问题,是件无法向任何人解释的事情,甚至是对自己也无法解释的事情。

*

第一次浮现又忽而消失是在某个下午。她和大学时的一位前辈坐在图书馆后面的长椅上。她跟他说自己积食了。原本是乡下人的他,一点男人样都没有,从包里拿出随身携带的针线盒。他让她伸手,用白色的线在她的大拇指上绕上好几圈,把针用打火机烤过,然后说道:"我扎了啊。"

她点了点头,忍住了微痛。只见一个黑色的血滴从扎针处涌了出来。过于老实而显得有点傻的笑容在前辈的脸上绽放开来。

"喂,出来黑血了,你积食得很厉害啊,不过马上就会好了。"

*

紧接着浮现的是更短一些的。她在九岁时养了两个月的小鸡崽儿。浅黄色的短毛,为了不从她的肩膀上掉下来,小家伙把脚趾紧紧攥起来时的感觉。还有,首次懂得了一旦憋住了哭,喉咙就会很疼的道理的某个清晨。还有僵硬的翅膀、经过三个小时后缓缓失去光泽的眼睛。

*

手上沾着满满的墨粉待在复印机前做学徒时的一个晚上。每当光线扫过感光板时,她都会抬起眼睛望向窗户对面建筑的屋顶。

*

两年前以领队的身份参加新入职员工的入职培训时,在所有人都睡着了的凌晨,她独自穿着高跟鞋步行登上离宿舍很近的龙门寺。由于前一天下的雪没有融化,更因为脚滑,她好几次都差点摔倒。来到寺院里长得奇怪的老银杏树跟前,她一边掸着裤脚上蹭到的雪,一边去读古树标志牌。

树龄:1100 年

性别:Female[1]

在那之前,她还从未遇见活到一千一百岁的生命体。顺着那棵巨大的老母树苍老而又干瘦的树梢,她抬头仰望起来,想要祈祷些什么,但是什么话也想不起来。无论什么话随便说点儿吧。女人嘴里喃喃自语:"是不是应该继续这样走下去,您来回答一下吧。"为了听到答案而闭上眼睛的瞬间,朱黄色的阳光透过扭曲的枯枝刺向了她的眼皮。在眼眶发热但还未燃烧之前,她瞪大了双眼。

当转过身子背对着树木时,她发现刚才自己走上来的山路

---

[1] 雌性。

还是一片漆黑。犀利的朱黄色光芒在她的双眼皮上、在她酥麻的视网膜上留下如无法破译的文字一样的印记并闪着光芒。

*

"生你的那天是下了雨的。

从下身流出了太多的血,直到凌晨还戴着氧气罩呢。

全身的关节都肿了。

面部肿胀得像个怪物,眼睛说什么都睁不开。

无法去触碰像泡沫一样柔软的你的身子。

无法伸出手去抱你。"

*

当她的嘴被堵住时,罕萨也会被堵住嘴。

冰川融化的乳白色的水像白色的血液一样在排水管里流淌,她口渴时,罕萨也会口渴。

她被玷污时,罕萨也会被玷污。

她吐唾沫时,罕萨也会吐唾沫。

*

"看到你我就觉得你很了不起。怎么就能那么不知疲倦呢?"

"……不是那样的。虽然累,但只是在撑着。"

"不管怎样,你是值得尊敬的人。"

"不,我觉得你在鄙视我,在厌恶我。"

"不,我鄙视和厌恶的是我的人生。只是因为你不可避免地成了我人生的一部分而已,我并没有真的讨厌过你这个女人。"

"那么,当你如此厌恶自己的人生时,那其中的孩子呢?孩子你也讨厌吗?"

"……不要说得那么直接。不要逼得这么紧。"

*

"妈妈,我过人行横道的时候要闭上眼睛的。

这样的话整个世界就会变得明亮起来。

我好像要变身。

感觉真的要变身了。"

*

她向握着方向盘的手使上了劲。当驶入立交桥区域时慌忙开始减速。在第一个红绿灯前紧急刹车并开始祈祷,因为从来没有信奉过神,所以随便想到什么话就会吐出什么。

"拜托,千万不要出什么事。"

*

日暮降下,昏暗的新街区的道路,被亮起红色刹车尾灯的车流塞得满满登登,她也开着雾灯踩着刹车一点一点地朝前方移动着。到昨天为止都没有见过的白色喷漆线被画在道路中间,一只浅色凉鞋静静地躺着,被撞得一塌糊涂的玻璃碎片一直散落到中央分隔线上,还散射着朦胧的光芒。

她打开又关掉了收音机。
把磁带放了进去,然后马上又给取了出来。
轰隆轰隆,开了十年的车发出痛苦呻吟般的噪声。
"不是我撞死的。"她在低声喃喃自语。

她的车驶入了新铺设好的黑色沥青路段。在车道分隔线被抹去的漆黑一片的地方，稀疏地插着一些白色的标志物。就在心神不宁地沿着弯道绕行之时，她瞪大了眼睛。前车的刹车灯吐出的灯光和无休止地骚动着的道路上的黑暗，像血水一样投射到她的眼眶中，且在不停地闪烁。

蓝色石头

*

好久没有呼唤过您的名字了。

您在那边过得还好吗？我在这儿依然过得挺好的。我已经三十七岁了，笑的时候都能看出眼角的鱼尾纹了，头顶分缝线的右侧长出了不少白发，看来要早早变成白发人了。

您曾说过，您想看着我一岁又一岁长大的样子，也想看着我一点一点变老的样子。嗯，我现在呢，可以说还算年轻。门前那个不大的小学操场，我可以中间不停地连续跑上七圈，偶尔熬夜工作到天亮，也没问题。

就是这个样子，我过得挺好的，无聊时数一数树木的棵数，害羞时用手去遮一遮额头，这些习惯都还依旧。您也还是那个老样子，过得挺好的吧？

*

夜晚的树木用"挺拔"来形容最为恰当，叶子纷纷变黑，都把原有的光泽藏好，坚硬的下端仿佛将某种顽强的话语藏在了树皮底下。决定今天休息后，我就坐在阳台上那把硬椅子上，一整个下午像受罚似的观察树木。

就是这些树木。不对，不是现在的这些树木，我想说的是这初春的嫩绿色。就像生完孩子的女人，每到那个产月，那个部位就会再次疼起来一样，我也因为再次对这些树木产生恐惧而无法挪开视线。除了观察它们，我就没有其他可做的事情了。

十七岁那年冬天，我第一次用墨水画的树，您还记得吗？我还记得您说："树长得很像你啊。"您接着又说，"你所画的一切，其实都是你的自画像。"那天一整个下午，我都在翻看您书架上的树木画。当发现席勒[1]画的幼小且纤弱的树木时，我隐约理解了您说的话。我还忽然产生过这样的想法：如果所有画都是自画像，那树木画便是人能画出来的最寂静的自画像。

您没有画过任何树、鸟和人。也许像刚刚发生爆炸或新生的星星一样的形状才是您的本来面目。您在浸了墨汁的二合韩纸[2]中央贴上圆盘一样的厚纸浆块，用大容量的花园浇花用的

1　埃贡·席勒（Egon Schiele，1890—1918），奥地利人，20世纪初期的表现主义画家，是维也纳分离派的代表人物。代表作有《斜卧的女人》《拥抱》《低着头的自画像》等。
2　韩纸的加工工艺。一次性抽取双份的纸浆模压烘干而成的纸称作二合纸，一次性抽取三份的纸浆制成的纸称作三合纸。

喷雾瓶往上面喷水，直至渗透。因为渗透压现象，白色水流就会推着墨汁向四处圆圆地扩散开来。扩散出一拃长的距离，大约需要一周的时间，所以完成一幅作品，少说也要四十天。因为水流渗透后的痕迹看起来像火花的边缘，感觉很神奇，所以我站在您的画作前，一站就是一两个小时挪不开脚步。也就是说，这样我等于久久地站在了您的面前。"要出去走走吗？"当您这样问起，我才会缓过神。

和您走在一起，我总是会提心吊胆。生怕您踩到钉子或图钉，担心您被草割到，怕您被巷子里孩子们踢出来的球打出淤青。听说您的血完全不会凝固，哪怕流鼻血都要去输血。我从那时起就知道：好像担心把大地弄出伤痕一样，您的步伐那么轻柔，原来都是从小小心谨慎才养成的一种习惯。

我还记得这样一件事。

"你看，春天真的来了。"

当您伸出修长白皙的手指时，看着那些淡绿色叶子嫩到绝对不会伤到您后，我心里头还曾暗自庆幸了一番。

我说的就是那些树。像新生儿一样正在吐着嫩芽的树木，居然也会令人心生恐惧，这，估计您也是无法理解的，如果换作一年以前，恐怕我也是理解不了的。

*

前不久，我在报纸上看到过关于这类行为的新闻。

"突然联系老朋友，寻找恩师，拜见神职人员，看似性格突然变开朗。"

新闻里说这些是自杀前的人普遍表现出的共同的行为类型，所以要格外加以关注。当察觉到这些都是我在一年前的这个时间段里做过的事情后，我感到有些茫然。有一点与新闻不同的是，这些不是我在企图自杀前做的，而是企图自杀的当天上午才开始的。

拿出十几年前就开始按年份保管起来的所有记事本，堆到书桌上，我开始打起了电话。除仅因工作相识，并没有多少交集的人以外，从小学同学开始到从前的邻居、和我有过美好回忆的人以及有些话该说但还没说完的人，我都打了个遍。如果有人因为换了号码联系不上，我甚至会四处打听，找出他们的联系方式。

其实通话内容也只是问候而已。如果偶尔遇到高兴地主动提出要见面的人，就会把约好的时间记到日历上。与一个人结束通话后，就会一边按住摘机键，一边用指甲在下一个联系人的电话号码下面画一道线。我的这一习惯动作中貌似渗透着多年前在美术杂志社工作时，为了尽快找到笔者而不停打各种约稿电话的机敏和些许轻狂。

上午的阳光从窗外照进来，书桌上放着大清早上后山时卷起来放入衬衫前口袋的菱形编织绳，绳子旁边还放着我的身份证。为了不给警察增添不必要的麻烦，上山时我还顺便带上了这个身份证。我听到，我向电话那头一头雾水的对方问候时的声音是平和的，笑声是明朗的。

打完全部的五十多个电话时，已经过去了足足四个多小时。这个行为到底是为了什么呢？真的是出于至死都想要和那些人取得联系的目的吗？是想要回想起美好的回忆吗？即便用这样的方式，也想要找回未经历那段时间、那些事情的从前的我吗？是想以这种方式稀释那无法接受也无法删除的困境与记忆吗？

不管怎样，意想不到的约定填满了之后的一个月。和他们见面，我大体上是快乐的。我们几乎没有聊到特别深刻的话题。如果说有例外的话，就那么一次，就是我拜见大学期间的恩师时抛出的提问。

"……老师，您有没有需要宗教的时候？"

"这个嘛，宗教性的东西和宗教是不一样的。但是为什么问这个？最近对宗教感兴趣了吗？"

"只是……我感觉到了作为一个人的局限性。"

老师随口这样说道："那么，你得跟它斗争并战胜它啊，那样才能成就一幅画。"

不知道那天老师亲自送我到地铁站,是不是因为他本就是个重情重义的人呢?非常惭愧,我无法确信。

*

那件事过去了两个月,我就搬到了这里,所以还没到一年。这里的公寓不是很安静。因为是走廊的第一个房间,所以有脚步声、大声呼叫声,直到晚上都会像巷子里一样吵闹。每天早晨,各种声音交织在一起从远处传到我的耳朵里。其中有火车经过京春线[1]时的声音、铁道交叉路口刺耳的警钟声,还有着急跑着去上班的声音。不知为何,我并不讨厌这些声音,这是否说明我已经老了?感觉我体内死去的某种东西正开始蠕动,心脏复活后又跳动了起来。

但和现在一样,过了凌晨三点,一切就会安静下来。林立在高大树木后面的那些高层公寓沉浸在黑暗之中。每一个房间里都装满睡得像死人一样的人们,仿佛是用钢筋和混凝土筑成的巨大骨灰堂。

我偶尔会想起您的家。您和您姐姐、外甥女住在一起的、

---

[1] 首尔直达江原道春川市的铁路。

曾让我感觉到家就应该是这般模样的那个温馨别致的家。并不宽敞的院子里种着柿子树、玉兰树和枣树。我记得每当春夏,牡丹和凤仙花就会盛开。虽然是平房,但有间有独立出入口的半地下房间,那里便是您的工作室。在当时,我曾以您外甥女朋友的身份进出那所宅院,我还清楚地记得第一次遇见您的场景。当时您只顾着站在柿子树下仰望天空,都没觉察到我们走了过去。

"在看什么呢?舅舅。"

您的外甥女这样问您的时候,您像年轻人一样开怀大笑起来。我看到陈旧的白衬衫上有多处被墨水弄脏的污渍。

"没什么,在看天空呢。"

我向后仰起头看了看天。那天没什么风,但高处的天气却与这里不大相同的样子。一团团白云在迅速地飘移着。您向外甥女问道:"有煮好的红薯,要吃点吗?"

我跟着您的外甥女第一次走进了您的工作室。您看起来有一点奇怪,因为一点都不像男人。您就像姨妈一样,用盘子端来红薯,给我们端来水喝,脸上还挂着温和的笑容倾听我和外甥女的对话。整体上看,您只是偏瘦了一些,但也没觉得长得不好看。跟您在一起,一点都感觉不到和陌生男人在一起时会有的那种心动的感觉或紧张的氛围。

"这些都是叔叔画的吗?"

当我这样问时，您回答道："是水自己画的，我只是为了水流能够通畅，做了些疏导的事情，时而打开水路，时而挡住水路。和养花草差不多。"

我走近您的画，那是一幅如星云之火一样泛着白光燃烧的画。您简单说明了渗透压和毛细管现象的原理，接着又说，将黄豆粒大小的一坨纸浆用水浸透后贴到画纸上时，那部分就会因为水的密度变大而不再有水流渗入。楮树皮的纤维成分会在以楮树皮为原料的韩纸里自然形成无数个毛细血管一样的小通道，水流正是借助这样的小通道自然扩散并推动着被水稀释的墨汁完成造型。您又说时常会感觉那是从您的身体里流出的血，顺着纸张的血管流动。

厚度不到1毫米的韩纸如同拥有无限深度似的成了水和墨流动的空间，不知怎的，听着这些遥不可及的事情，我感到莫名的茫然。因为我如此喜欢您的画作，您的外甥女有些诧异。

"……我还能再来看画吗？"

我迟疑地问您时，您爽快地说道："只是安静地看画是可以的，但不要搭话。"

因为父母整天都在店里，所以我的行动还算比较自由。因为住在一个社区，我大概每周都有一次跟您的外甥女一起放学，然后去您家里的机会。您的外甥女说工作室的沉默让她很憋闷，她想待在自己的房间，我则按照约定，静静地坐在工作室的角落里。我小心翼翼地翻书架,看看画集,也会看看您的画,还会看着专心作画的您。其实您的大部分工作,只是低头看着铺在地板褥子上被墨汁浸黑的二合韩纸。因为水流扩散的速度太慢,天气潮湿时,一周后再看也感觉不到任何变化。但您还是很专注地看着画,细心地用花园浇花用的喷雾瓶喷水,贴上纸浆块儿去定形,以免水流因墨汁的干枯而停止。因为湿度很重要,所以大部分情况下工作室都很潮湿,关上了双层窗户且总是开着日光灯。好像现在也能闻到充斥在空气中的墨汁味儿。

虽然我不能率先打破沉默,但您偶尔会跟我说这说那。安静且短暂的对话结束后,您又会开始作画,我就会看画集或画作。看到您沉浸在作画中,我也会不辞而别。我能这样经常去您那里,也许是因为我很好地履行了最初说好的要保持沉默的约定。

不管怎样,通过那些断断续续的对话,我了解了不少关于您的事情。您当时三十七岁,和现在的我是同龄,计划在两年后举办首次个人画展,没结过婚,就算没被什么东西磕碰到,皮肤也会瘀青。因为胃出血可能会危及性命,所以平日里只能适当吃些软食且完全不碰烟酒。不论在什么情况下,都会保持充足的睡眠,不会去游泳或开车。您好像一如既往地谨慎对待所有人。

"既然想画画,为什么没有马上开始呢?"

自尊心极强的我能和您说出家里的情况，是因为您是慎重且心思缜密的人。您若无其事地依然像年轻人一样笑着说道："那试试在这里开始吧。只要整理好再回去就行。"

我记得我家到您家的小巷，因为被树荫遮住，总是很暗。没有设消防通道，所以两个人并肩走都很挤。右边有座小庙，沿着逐渐变宽的巷子继续走上去，就会看到一片废弃的地。那时的水踰里还跟农村一样。跨过没有路的、只是长满荒草的小山坡，我看到田间流淌着一条小溪。记得我像亲侄女一样喊您叔叔。有时是和您的外甥女一起，我们三个人，有时是和您两个人，漫步在这条路上。我还记得夏日烈焰，还记得知了在声嘶力竭鸣叫的茂密树荫。

*

有一次您对我说，希望自己是个女人，有时会怀疑自己就是个女人。因为那语气非常认真，我也认真问道："您爱过男人吗？"

正在水槽旁往喷壶里灌着水的您，脸上挂着笑容，冰冷的水滴溅到您脸上，您微微皱起眉头回答道："除了个别的几个人，我连和男人交朋友都是个问题。"

面带着微笑关掉水龙头后，您用稍微严肃的表情继续说道：

"我一想到女人会来月经、会流着血生孩子,就会感到很惊奇。我想说的是,好像生命总是从血液里开始的。"

小学三年级的时候,因为止不住鼻血,第一次被送到急救室,从那以后,血就成了您一辈子的强迫症。那时我猛然想到,能把您的病和您的人分离到什么程度呢?您的性格、您说话的口吻、您的步伐……就是说,您的一切都与您的病连在了一起。如果您没有生病——这种假设是不可想象的,这种想象令我陷入混乱。抹除生病的您之后,剩下来的将是您的精髓。在这精髓上面像地层一样层层堆叠起来的另外一个您的模样会与我所了解的您有几分相像,又有几分不像呢?

几年前生孩子的时候,我想到您说过的话:"生命好像是从血液里开始的。"那句话是对的。下身连续流了差不多快五十天的血以后,我成为母亲。如果换作您的话,应该会羡慕吧。被春天的阳光晒得脸黝黑、个头比同龄人高一些、嗓音特别响亮的我的六岁的儿子正在里屋裹着毯子睡觉呢。相比身高,他有些偏瘦,属于小病不断的体质,这一年多他都在接受小儿哮喘治疗。

那是去年的某一天,因长时间昼夜混淆的生活,无法确定当时的具体日期。清晨,天刚蒙蒙亮,树木正在重新找回自己的嫩绿色。就在那个时刻,我已然攥着卷起来的编织绳站在了山坡上。那一瞬间,我第一次深切体会到,原来叶子的颜色可以如此明亮。稚幼的嫩绿、绿油油的草绿，那些无数层的色彩仿佛就要刺向瞳孔，仿佛在撞击我身体的各个角落，在弄出瘀青的同时，还撞击出钻心之痛。

那时心里突然闪过了一个念头，孩子一旦醒来就该喂药了。就像突然从梦中惊醒一样，我转身开始往公寓方向走去。每迈出一步，地面和头部就像心脏跳动一样，跟着一起晃动着发出声响。

到了一楼门厅时才想起来，因为压根没打算再回来，所以出门时我没带门禁卡。我蜷坐在门厅前冰凉的地上开始等。我不知道在等什么，也不知道刚才本打算闹出点什么事来。由于衣服过于单薄，身体开始瑟瑟发抖。不知又过了多久，拿着火铲出来的保安大叔看到了我，并惊讶地帮我开了门。

电梯把我安静地送上了五楼。拉开刚才出来时没锁的玄关门时，我看到那个人正坐在沙发上面。那个人就是和我一起生活了七年多的男人，是三小时前放开掐住我脖子的手回里屋睡起觉的人。

就在想着要不要再打开门出去的时候，听到孩子醒来咳嗽的声音。我脱掉鞋，走进里屋将孩子抱了起来。

"妈妈，你去哪儿了？"

孩子哽咽着问道。

"没去哪儿啊。"

"不是出去了吗？我都知道。"

孩子的咳嗽越来越重了。我抱着孩子抽搐的身子用手掌揉搓他的后背。直到咳嗽缓解下来。

为什么那一瞬间清楚地回想起来了呢？那个据说是趴在工作室地板上的、只有在想象中看到过的您的背影，还有您略长的头发和狭窄的肩膀、总是被墨汁染到发旧的棉布裤子。

时隔三天到学校的您的外甥女说，您的后脑勺积了血，因为不到五千的血小板数值，无法做抽血手术。她说完咬起了嘴唇。

"然后呢？"我向她这样问道，因为我真的全然不知。

"所以怎么样了？"

"你是傻子吗？说是后脑勺积了血，有一小盒牛奶那么多，等到我去叫他吃晚饭的时候，已经……"

我呆呆地凝视着从她充了血的眼眶流出的泪水。

*

也许是那样。发疯般地按那些电话号码的那个上午，我真正想听到的也许是您的声音。

叫我名字的时候，您的声音总是低沉而温柔。其实，好几次我都假装没听到，好让您多叫一声。我不太记得第一次对那声音心动是在什么时候了，也无法分辨第一次爱上您是在什么时候。不知从何时起，您的面孔成为我眼前某处模糊影子般的一种存在。早晨睁开眼的瞬间，您已经依稀存在于所有事物之上，惊吓之余闭上眼睛时，就会愈加鲜明地显现在昏暗的眼皮之上，我无法知晓那感觉为何酷似强烈的悲伤。

因为第一次经历这种事情，所以当时我很慌张。在那感觉强烈到无法再忍受的某个晚春，我决定暂时不去您的工作室。在您面前发抖的手、无处安放的视线、随时会变红的脸，最重要的是，每当看到您的侧脸，就像锋利的钎子刺穿我的胸口一样，我难以承受这种疼痛。

但是，真的不再去您那里以后，胸口深处好像被剜去了一大块肉一样，酸痛得更加难以忍受了。时隔一个月再次找上门时，我已然放弃了无谓的挣扎，抬头直直地盯了一会儿您的脸。就算我黑暗且痛苦的视线在您面前暴露无遗，我也想要确认一下。想知道这个人是不是让我那般心痛的那个人，如果可以的话，我想找到一下子能让我失望的地方，然后把我这奇怪的痛苦连根拔起。

那时您问我："哪里生病了？"

我颤抖的手不知不觉抬到胸口处。肋骨间凹陷的地方，那个位置没有任何脏器，在经历那般痛苦之前，我甚至都不知道身上还有那种地方。您呆呆地在那儿站了一会儿，然后伸手轻轻地握住我的手,仿佛淡淡地要安慰什么似的。

悲惨和欢喜就这样在同一时刻激烈地涌上我的心头。在这混乱的刹那,我依稀意识到的是,这一切的痛苦恐怕只有通过您才能得到慰藉。

之后的一段时间里,我迎来了另一种方式的和平。虽然内心的激动与痛苦依旧,但是已经不再像最初那样一片渺茫了。重要的是,因为您若无其事地待我,使得我也能若无其事地待您。希望之芽无处不在。这希望其实就存在于当我画到中间抬起额头,跟正在注视着我的您四目相对的瞬间;或者在递过来新买的墨汁时,您的手好像有些颤抖的瞬间;又或者在出于考试或不得已的原因隔断时日再找上门,您看着有些消瘦的瞬间……但是,当看到您若无其事的态度时,我就自然而然地感觉是我看错了或是我想错了。

那是在恼人的梅雨连续下了十多天的一个初夏的下午。我刚临摹完一张肖像画——在我第二年打算报考的大学里就职的一位画家的画册里的,正在水槽边涮着毛笔。

"要不要吃蒸土豆?"

这样问的您远远地站在那里,正低头看着已经扩散到一半的白色火花形状。我心不在焉地点了点头。

"你能到上面拿下来吗?"

我摇了摇头,说:"那我就不吃了。"

我们俩同时爆发出了笑声。

"何时撑伞,何时拿土豆……"

听到我的话,您押着韵对起了对子。

"何时去洗,何时倒水……"

我挂好毛笔,爽快地说道:"知道了。我只做到去把土豆拿下来。"

您走到水槽这边,拿出白铜锅[1],递给了我。

"要拿几个?"

"你不饿吗?"

我接过锅,又笑了起来。我的笑容消失是因为您把手放在了我的额头上。仿佛我脑袋里的一盏灯被熄灭了,也仿佛所有声音都消失了。我变得不知所措,您好像也不知所措。

"……因为额头,长得很聪明。"

我第一次见到您说话结巴。

"我去拿土豆。"

就在我刚要转过身的一瞬间,您抱住了我的肩膀。即便抱着肩膀,您的身体也没有触碰到我的身体。仿佛是在触摸一个即将要粉碎的东西似的,从您的胳膊上连一个手掌的重量都没有感觉到。

---

1 韩文词汇为"양은(洋银)",是由铜、锌、镍和银组成的合金。

*

夜幕下的树木依旧是漆黑一片且无比寂静。

用不了多久,当晨曦徐徐拉开帷幕的时候,那神秘到让人望而却步的黑暗之门会静悄悄地打开,然后就会和树木们融为一体,对吧?跨越了那短暂的时间之后,就会迎来早晨,对吧?仿佛都未曾有过任何秘密一样,只剩下那些树木泰然自若地立在那里。总有一天,我会画出像鬼神一样站在那分界线上的清晨之树。

现在我不像以前给您看过的画那样,只画出看到的形状。但我想,如果您看到我要画的树,就会说:"树长得像你啊。"但是我知道我不能马上把它画出来,因为现在只绕回来了一年而已。

前不久才从抽屉里把菱形编织绳拿出来扔掉了。早就想扔掉,尝试过好几次,但因为不敢去碰,就放在了那里。一年以来,它就像躲在我房间里的人,知道我的一切,但其实是个残忍的人。我记得第一次把它剪成适当长度的时候,我想过因为棱角分明,钻进肉里会疼吧。

别说是编织绳了,只要长得差不多的长绳,我到现在还是心存恐惧。有时看到孩子玩起包装礼物用的丝带或卷尺这样的东西,我就会惊叫着夺过来放到高处的置物架上。

"干吗呀，我在跳带操。"

"因为妈妈怕丝带。"

我尽量开朗地回答，孩子就会咯咯笑。

"有人最怕老虎，也有人最怕鳄鱼。但是妈妈最怕绳子。"

孩子得意扬扬地开导我似的说道。

"老虎可怕，绳子有什么好怕的……我可一点儿都不怕绳子。"

不管怎样，相对于刚入睡不到十分钟脖子被手掐的感觉，还有刚开始接触时的手的温度和握力，关于绳子的记忆还算不上太糟糕。

如果绕了一年后才模糊到这种程度，如果每十分钟醒一次的浅睡眠好不容易延长到三十分钟，那么忘掉记忆的路究竟有多长呢？究竟能跨过多少，能跨过什么呢？真的能跨过去吗？

惊醒以后，我就去给孩子盖被子，然后数着一片一片的黑暗努力入睡。再然后，有时也会想起您来。从门外传来淅淅沥沥下雨声的那个下午，就在忐忑不安的两张嘴唇即将相碰的瞬间，两个人都还来不及张开双唇，就已经担忧起彼此的温柔会稍纵即逝，便把跳动的心脏贴在了一起。既是第一次也是最后一次的那场接吻过后，我再也没能从别的男人那里感受过胜过那一次的喜悦。怎样的兴奋、怎样忘我的喜悦，都不可能取代还像少年的您胆怯地将手放在我脸颊上的那个瞬间。

两个人的嘴唇终于分开时,我们牵着手斜靠着墙坐到了一起。

"……有因为生病熬不下去的时候吗?有没有因此而生气过?想做的事情应该也很多。"

我将有小瘀青的你的手背放到我的脸颊上,轻轻地抚摸着。

"没有。"

您笑得那样轻盈。

"曾想过死掉反而更好。"

面对着您顽皮的表情,我不是很清楚该不该要陪着一起笑一下。

"我那时候和你差不多大。用类固醇制剂治疗了两年多也不见效果,副作用让全身肿得像个摔跤选手。用那么笨重的身体,拼命让自己不受伤,那样苟延残喘……"

为了少说话,您又笑了。

"在有了那种想法的某天晚上,我做了个梦,梦里看到我已经死去,当时不知道有多轻松呢。迎着烈日蹦蹦跳跳地走在了小溪边,顺着溪水望去,水质清澈到可以见底。看到了一些石头,是被冲刷得像眼珠子一样干净的圆形鹅卵石,漂亮极了,尤其是其中一颗蓝色的石头最令我心仪,为了能捡到它,我把手伸了过去。"

您闪着光的眼睛看着墙上您自己的画作。那是像在黑暗的宇宙空间里刚刚发生爆炸或新生的星星一样的形状。就是说,您在看着您自己的脸。

那时我突然醒悟到了。想要捡到那颗石头，就要活着，要重新活过来。

雨声淅淅沥沥地萦绕在耳边，您依然把纤弱的手放在我这里，望着您的画后面的某个地方。当我勇敢地再次把我的嘴唇叠在您的嘴唇上时，您抱着我的后背颤抖了一会儿，然后静静地推开了我的身体。

"……就到这儿吧。"您涨红着脸说道。

我朝着您轻抚我脸颊沾满墨汁的手，又亲吻了一次。

"快快长大吧。"

您笑着说的这一句话，让我俩笑了好久。

笑声过后，您爽朗地说道："很好奇，你会怎么变老。你变老的样子会是怎样的。"

*

感觉有什么东西在身体里一点点苏醒。一天又一天，一个月又一个月，一个季节又一个季节，我感到这些时间让我渐渐发生着变化。

去年夏天搬到这里后，第一次在操场跑步时，连一圈都跑不下来。肺和心脏都出现要炸了的感觉。有孩子的时候就和孩子一起，孩子去幼儿园的时候就一个人跑，每天增加半圈。一天下午一口气跑完五圈以后，数了一下围绕着操场种下的树木。高高的白桦树一共有二十二棵。数完仰望天空，看到滚滚白云正快速飘远。

当我问起您的画有没有名字时，您回答说是天空。您说您在十二岁那年第二次住院的时候，因为太无聊，整天仰望天空，便知道了那里是令人心跳加速的空间。您说虽然一辈子都没有经历过一次像样的旅行，但每天经历无数次变化的那些形象和色彩很令人惊奇。您说就那样看着天空的某个瞬间，您用身体理解了永恒和无限，而不是靠想象和感觉。当我说我不太清楚那些是什么的时候，您若无其事地回答道："那个真的没什么大不了。"

然后就像真的没什么大不了一样，您眼角堆满细纹笑了。

乌黑的天空徐徐明亮。

像这样，黑暗一点一点地开启时，我会感觉我身体里流淌的血也跟往常不一样。我的意志、我的记忆，不，是我的存在仿佛若无其事地被抹去了。就像一阵海浪退去后，短暂地露出柔和的沙滩一样，我会觉得我们在这里停留的时间是短暂的瞬间。每当那个时候，我突然想看到您的画。

也许时间不是流淌的，每当到了那时候，这种想法也会随之而来。就是说，回到那个时间点时，那时的您和我在听着雨声。您哪儿都没去，没有消失，也没有离开。每当遇到与您同龄的男人，都曾迷茫地想象您因岁月而变化了的脸，但不知从何时起就丢掉了这样的习惯，这也要归功于这种想法。

所以，我可以问问您吗？

您在那里过得还好吗？雨声还依然好听吗？再也不能拿过来的土豆，已经忘记了吧？很久以前在您梦里的您，还在用浮肿的手臂去捡蓝色的石头吗？能感觉到流水的触感吗？能感受到阳光吗？能感觉到自己还活着吗？

告诉您，我在这里也能感觉到。

左手

*

他的早晨和往常一样开始了。他一边关上枕边闹铃，一边起身在床头的书桌上摸索到眼镜戴上，等到眼睛适应了依旧昏暗的环境后，便穿着内衣径直打开书房门走了出去。

卧室里，刚过完三周岁生日的孩子和妻子挤在打着地铺的被窝里睡得正酣。怕孩子睡着后会滚下床，不得已把睡床挪到书房还是两年前的事情，也是从那时起，他就一个人睡到了现在。由于上班的地方离家远，早上六点钟就要起床，即便把闹钟远远地放到客厅，也会经常惊扰到孩子，这是做这个决定的另外一个理由。

他呼噜打得很响。一家三口在卧室睡的时候，哪怕孩子轻轻的翻动，妻子都会睁开眼给孩子盖一下被子。然后就会突然把他的枕头拽出来，重新给塞进去，或者干脆把他的头转到墙壁一侧，或者晃动他的身体，让他完全转过身去。他能感觉到妻子的动作是不够温柔的。他感受到妻子想要急切入睡的渴望，以及对妨碍自己睡觉的笨重且烦人的动物产生的愤怒。孩子出生前他也打呼噜，但妻子似乎都忍住了。妻子的动作之所以变得粗鲁，应该是疲惫不堪的生活所致。所以当他说到要分床睡时，妻子并没有刻意去掩饰如释重负的神色。

他偶尔会想起把床搬进书房的第一个夜晚。好像重新回到自炊生[1]那段岁月一样，轻松又自在，躺在床上，他甚至有了幸福的感觉。但是还不到一个月，这种幸福感便像口香糖被抽光了甜汁一样消失殆尽。替代这种幸福感的是他一天不如一天的睡眠质量。他经常会在睡梦中被自己的鼾声惊醒，一旦醒来就会辗转反侧无法入睡。对于经常要加夜班，而且上班时间早的他来说，好的睡眠是必需的。他的体重慢慢变轻，渐渐地，话也少了。由于这种变化极其微妙，包括妻子在内的周边的人几乎都没有觉察到。

除了客厅墙上挂着的钟表秒针的嘀嗒声，清晨时分的公寓一片寂静。打开卧室门就可以听到母子俩清浅的呼吸声正在交替起伏。虽然开始时还怀念那样的呼吸声，但现在不那样了。他打开浴室的灯，开了门，强烈的光线刺激了他的眼睛，他半闭着双眼站在马桶前尿了很久。

他的胡须浓密而且偏硬，因此周中的时候就用了手动剃须

---

[1] 韩国人对自己做饭吃的走读生的称谓。

刀。这么做也是因为他的职业需要给人留下干净整洁的形象。拿着剃须刀片在刮涂满剃须泡沫的脸时，他划破了一道口子，红色的血滴把剃须泡沫染成了粉红色。打开洗漱台的水龙头用冷水冲洗泡沫的时候，他第一次发现了一个奇怪的现象，他的左手正在抚摸着伤口。他用脸感受了左手，同时用左手感受了脸，是和平常一样的感觉。奇怪的是他的左手好像有自我意识似的，不舍得离开脸上的伤口。

他用右手关掉了水龙头，直起腰杆照了照镜子。由于近视，看到的轮廓有些模糊，但镜子里的样貌和往常是无异的，乱蓬蓬的头发、略微有些塌陷的眼角、正往下滴着水的"川"字纹的眉宇。

他把右手伸到置物架上，拿过眼镜戴上，现在的他可以清楚地看到自己的样貌了。白色的短袖运动衫上有好几处被水打湿，左手依旧安静地放在左侧脸颊的伤口上。他深吸一口气后将左手从脸颊上移开，这时左手乖乖地离开了脸颊，那个动作跟不情愿地听从他意愿的别人的手有些相似。

奇怪。

他仔细照镜子，此时，左手老老实实地冲着浴室地板的方向耷拉着。

为了驱赶困意,他摘下眼镜,用双手按了按太阳穴。电脑屏幕上显示的数字模糊得无法辨认。电话铃响了。

"是的,我是信贷部的李成镇。"

他重新戴上眼镜,勉强睁开眼睛。

"是现在正在居住的公寓吗?地址是哪里?"

他用肩膀托起话筒。他的十指快速敲击着键盘。又是奇怪的感觉。他皱起了眉,因为他左手的五根手指好像有按自己的节奏律动的异物感。

"……抵押贷款的额度最多到市场评估价的百分之五十。需要帮您查一下行情吗?"

他用左手握着话筒,右手移动着鼠标。

"请您稍等一下……现在显示的是三亿四千万[1]。啊,请稍等,您说是二楼对吧?那最多三亿韩元[2]。所以,在目前已有八千万[3]贷款的基础上,可以追加贷款的额度是……"

还没等他把话说完,他的左手就无声地将话筒放在桌子上。他惊恐之余用右手拿起了话筒。

---

[1] 约合人民币175万。

[2] 约合人民币154万。

[3] 约合人民币41万。

"不好意思。所以,您的贷款额度是……"

将贷款所需的材料一一说明后,他放下了话筒。一阵头晕目眩,像是将戒的烟重新抽了一样。

他将左手抬起,和早晨在洗漱台前的感觉一样,眼前的左手,像是不情愿而做出动作的别人的手一样。他试着解开扣子,又挽起了袖子,胳膊和手腕也没有异样的地方。

"李代理。"

在专注观察手的间隙里,他没听到申部长喊他的声音。

"李代理!"

申部长的嗓门变高了。

不管是哪个职场,总会有一生气就对下属采取非人格待遇的上司。在他调任到信贷部的两年里,他是唯一和申部长没有发生过冲突的银行职员。申部长有时口吐白沫大发雷霆时,他都会默默地理解他:"申部长不是有糖尿病吗?体力不支,经常发脾气也是理所当然的,看看他炫耀子女时候的样子吧,不就是一个普通人嘛。"

"我来了,部长。"

他站在申部长的桌子旁。

"那个 W 公寓的抵押贷款件,怎么缺了租赁合同的确认书?"

"……啊。"

像每次惊慌失措时一样,他的右手不自觉地摸了一下头。

"我漏掉了。"

"就这么提交上来,你想干吗?你来信贷部多长时间了,还犯这种错误?"

"对不起。我马上处理。"

"把交完材料、盖完章走了的人再叫回来,那谁来对客户的不满负责?"

"对不起……我来负责处理。"

"脑子不好使,那至少记下来,不要出差错啊。难道我要跟你这种家伙折腾、伤神吗?"

因为是他的失误,所以受到批评是理所应当的。只是,申部长的习惯是批评了所有问题后会重复同样的批评,用词也会越来越粗暴。只要乖乖地接受五分钟批评,申部长说累了就会自然结束,但是如果表现出不耐烦的神色,便会延长到十分钟或二十分钟,简直就像一场表演。

他忍了。低着头,像往常一样看皮鞋头。正当申部长的简版高谈阔论即将进入五分钟的尾声时,他的左手像是被看不见的细线控制着一样,隔空画着曲线找到左耳将左耳紧紧地捂住。

"与其教你这种家伙做人,我还不如……"

就在嘴角冒出很多细小白沫的申部长提高嗓门的时候,他的左手又移到了右耳。他惊慌失措地想把手放下来,然而左手并没有听他话的意思,反而伸开胳膊,向申部长走了过去。

"……干什么？！"

申部长顿住了。

他原本是想把左臂贴到自己的肋部，但是没用，左手似乎定下了明确目标，不断隔空朝着申部长的脸部滑去。他举起右手抓住左侧的胳膊肘用力往里拉。

"你这是要干什么？"

受惊的申部长从椅子上站起来了，银行职员们回头看了过来，他红着脸环顾四周，就连柜台的客户们也探着头看他奇异的动作。申部长破口大骂起来："你这家伙，是不是疯了？"

一瞬间，他的左手甩开右手飞了出去，然后毫不犹豫地堵住了申部长的嘴。

"嗯，嗯嗯！"

被捂住嘴呻吟的申部长涨红了脸。他为了将左手拉回到身子一侧惊慌失措地用尽了全力。

"李代理，冷静点！"

一起入职的崔代理从后面搂住他的腰，把他从申部长那里拉开了。失去目标的左手猛地冲向了空中。不知何时赶来的协警抓住他的左臂后，把他扳倒在地上。摔在地上的一瞬间，他看到了自己的左手。好像什么事都没发生过一样，左手毫无力气地和他一起在冰冷的石砖地板上打着滚。

他在地铁站前面的公交站等待回家的公交车。他脸色苍白，眉间的"川"字纹比以往任何时候都要深陷。

"我刚才精神不正常。非常抱歉。"

眼前的支行行长头发斑白、面带着给人以宽容印象的微笑，但他的眼睛却流露出怀疑且冷漠的神色。在这样的支行行长面前，他能说的话，也只有这些了。

无法平复心情的申部长早退后，他痛苦地接受着众人的视线，度过了漫长的下午。没有人愿意和他搭话，不得不说的时候也会避开视线。

"要喝一杯再回去吗？"走出银行时，崔代理这样问道。

此时的他正承受着难以支撑的疲倦。因为审计的事情，上个月一直加夜班和熬夜，把身体累垮了。说不定刚才的事情就是因为缺觉导致的。因为缺觉，大脑的某个地方麻痹了，不是说有种拷问是不让人睡觉来麻痹人的意志，再让人招供嘛。他这样想。

"喝一杯，忘掉这事儿。时间久了，大家都会忘的。因为你平时很温顺，所以吓了一跳……但其实申部长该收敛一点了。不知道他以后会不会注意点。"

面对老好人崔代理，他强颜欢笑。

"谢谢，但是我缺觉，需要休息。"

崔代理向他投来从未有过的掺杂着怜悯和反感的目光，拍了拍他的肩膀。

"好，那休息吧。"

四月中旬的晚风很萧瑟。他靠在冰冷的大树上，心情沉重而烦乱。他把当天下午偷偷看了好几次的左手抬至视线的高度。他无法理解，是和往常一样的手，有很多细纹的手掌，跟一般男人比是比较细长的手指，剪得很短的指甲。直到等待已久的公交车靠近，他都无法从左手上移开视线。

公交车内很拥挤，就像刚刚出地铁一样，夹在人群中的他有种想瘫坐到地上的疲惫感。为了能够正常呼吸，他推搡着扎起堆的无数肩膀，挤到了出口那里。抓住一个圆形的塑料手柄后，身体才有了支撑点，他那局促的呼吸也得以有效地调整和缓解。

车窗外疾驰而过的夜景看着很不真实。各色各样的招牌晃动得人头晕目眩，人行道上的年轻女子们穿得像五颜六色的翅膀一样华丽无比。他感觉自己像在做梦。他抓着手柄时而闭眼时而睁眼。当意识到这一天绝不是梦以后，他茫然而不安地望向窗外。"那是花店吗？"店铺前摆着一排小盆花，身穿白衬衫和牛仔裤的苗条女子在用喷壶浇水。那女子认出了路过的熟人，正笑着打招呼，她的侧脸看着很是眼熟。还没等他想起，他就看到左手不知何时朝着下车铃靠近。

"不行。"

他不禁发出声音。离家还很远，身子更是疲惫不堪，没有理由在这里下车。但是左手已经按了下车铃，公交车停了下来，前门和后门同时打开了。他被从前门涌上来的人流粗暴地推搡着下了车，差点摔倒在人行道上。

坐公交车虽然经常会经过，但在那里下车还是第一次。他像迷路的人一样，愣愣地站在那里看着行驶在公路上的汽车。"要等下一班公交车吗？"一回头，他看见远处摆着许多盆栽的小店，那个女子一直拿着喷壶与行人聊天，她的侧脸显得很小巧。

他犹豫了一会儿便朝那边走了过去，每迈出一步，心里就有一个声音："不行，要回家。""该回家了，肚子也饿了，好累，想休息，现在真的想睡觉。"但是，随着女子的样子越来越近，他的睡意逐渐消失，他的腰也因为紧张而变得僵硬。

走到离那女子差不多两步远时，他终于似着了魔一样对着她笑着的侧脸开了口。

"……善惠。"

女子吓了一跳，将她的脸从中年女人身上转向了他。眼睛里的笑意顿时消失，她的眼睛瞪得很大。那双眼睛放着光，这时女子用令人愉悦的女中音说道:"这是谁啊,是成镇吗?"

来回换着胳膊拎着沉重的购物篮、一直跟她闲聊的中年女人跟女子打声招呼后走了。女子弯腰向中年女人行礼后,朝着他灿烂地笑了起来。

"你怎么来这儿?住这个社区吗?"

"不是。从这儿还要坐十分钟的公交车才到家……"

就像在她面前一直都是这个样子似的,他上句不接下句地胡乱答了一通。

"原来是来这儿有事啊。"

她也像一向如此的样子,温厚地将他断断续续的话茬接了回来。

"这都多久没见了?大学毕业后,第一次吧?啊,不对。你退伍后,到我工作的单位找过我吧?所以说,已经过了十年啊。但是,你没什么变化啊。"

"嗯,你也……"

"哪儿没变啊,眼角都有那么多细纹了。"

果然,她深深地挤出眼角的皱纹笑道。

"我在这里开店已经四个月了。"

"花店吗?"

"不是。"

她笑嘻嘻地说。

"主要卖手工饰品,但我还放了些盆栽花。如果卖不出去,就当是我赏花了。"

他点了点头。他第一次见到她,是在大学二年级时,那时候他参加过一阵学院戏剧社的活动。同级的她学的是统计专业,她负责演出的舞台和服装。她本来想学画画,但因为家境不富裕,就放弃了。有一次,她轻描淡写地说过,戏剧社的工作可以弥补她不能学画画的遗憾。

"生意呢,还好吗?"

"难说,现在还只是起步阶段……因为喜欢制作各种东西才开始的,但是连交房租都难。要进来看看吗?"

"不了。"

他皱起眉笑道。

"我该走了。"

她像是明白了什么似的向后退了一步。

"结婚了吧?孩子们呢?"

他面红耳赤地歪了头,正准备说什么,却被口水堵住了喉咙。这时,她惊讶地说道:"真的吗?没结婚吗?我也是一个人……家里也没人等,为什么要走呢?见到我不高兴吗?"

好像有一团滚烫的、软乎乎的液体扩散到他的胸口。这是他二十一岁时第一次见到以后就一直放在心上的女人;是不知道他心意在校园里交过两三个男朋友,且总喜欢笑的女人;是令他为了看她一眼，经常一个上午坐在工商管理系教学楼前的长椅上，心不在焉地翻着专业书的女人。现在，她就站在他的面前。

"当然高兴了……下次，我路过的时候再来。"

他笑着伸出了右手，她也伸出了右手。她的手依旧很小，他摸到了她细腻的骨骼，皮肤好像变得有些粗糙。十年前，当他不顾一切地到她的办公室找她时，他终于下定决心彻底放下她，并与她握了手。他没有忘记当时第一次也是最后一次握住她手的感觉。和那时一样，他面带不温不火的微笑，放开了右手。

就在他刚要转身的刹那，他的左手动了起来，根本来不及将手拉回，他的左手准确又敏捷地伸到了她的脸上。他感受到她的脸很光滑。她脸上的笑容消失了，睁得大大的眼睛里跳跃着夜晚的灯火。他的左手轻柔地在她脸颊上滑动，依次抚摸她纤细的鼻梁、额头和眼皮。当左手滑到她冻僵了一样紧闭着的、温柔的嘴唇时，他的左手才微微颤抖着停了下来。

*

当他睁开双眼首先看到的是从百叶窗的缝隙里透进来的光。这是哪儿？他裹着紫色的羊绒毯，躺在深绿色的三人沙发上。他起身戴上放在沙发旁茶几上的眼镜，一回头就看到了她。低矮的工作台上亮着台灯，红绿色珠子被装在十来个纸箱内。此时的她正迎着光照，聚精会神地将这些珠子缝到白色蕾丝材质的围巾上。

"……现在几……几点？"

"七点多一点。上班时间是几点？"

她朝他抬头微笑着。嗓音很平和，弥漫着像糖浆一样甘甜的亲密感。他收起毯子从沙发上站了起来，身上只穿着内衣。

"上班要晚了吗？"

她停下手中的活，站起身问道。

"有点儿……没关系，抓紧就行。"

他像在辩解似的吞下话尾，然后到卫生间洗了脸。因为只有女性用剃须刀和剃须泡沫，他只好将就着刮起了胡子。边用毛巾擦着脸边走出来，就看见置物架上放着他的衬衫和裤子。在他穿衣服打领带时，她递过来他的包。他接过包，慌慌张张地说道："我会打电话的。"

"你不知道电话号码呀。"

"我会来看你的。"

"什么时候？"

"很快。"

她踮起脚尖，亲了他的嘴。或许刚刚喝过，她的嘴里有橙汁或柑橘汁的气味。他踌躇地摸了下她的头发，从她打开的门里溜出来后，一溜烟跑过马上要变灯的人行横道，然后举起胳膊叫出租车。

坐上好不容易打到的出租车，在去往地铁站的路上，他努力使自己打起精神。结婚七年以来，这是他第一次没有跟家里说，就在外面过的夜。连他自己都不敢相信，前一夜他竟然把手机也关了。

他的左手颤抖着离开她的嘴唇时，她抓住了他的胳膊。不知是被她的手牵着，还是被自己的左臂牵着，他不知不觉地走进了她的店铺。

"吃晚饭了吗？"她小声问道。

也许是因为紧张，她的脸上泛着红晕。虽然肚子很饿，但他还是点了点头。她从店里的厨房冰箱内拿来了啤酒和花生。喝着冰凉的啤酒，他们谈到了他们记忆中模糊的一些名字，然后笑了很久，有时还沉默了很久。

如她所说，店里客人不多。只有两个大学生模样的女孩进来，挑了很久以后，分别买了一个天然石做的吊坠和发夹。到了晚上十点，她锁上门，拉下了百叶窗。

"有红酒，你要喝吗？"

还没等他回答，她就拿来了还剩半瓶的红酒。

"有人陪着一起吃东西，感觉真好。"

她那会笑的眼睛因醉意变得更加闪亮和迷人。而他因为空腹喝酒,已经醉到嘴唇周围都麻木了。

已经记不得她是什么时候关的灯。当屋里暗下来的那一刻,他俩不分先后将身体紧紧靠在了一起。在嘴唇叠加到一起、牙齿碰撞的时间里,他的眼睛已经适应了黑暗的环境。两人的手解开彼此的上衣扣,他的左手沿着她的头发、脖子和肩膀,一直摸到锁骨下面。她喘着粗气说了声"不要"。她扭动着身子,试图想要脱身,但他的左手顽固而大胆。她的嘴唇有甜甜的清香。

不知过了多久,两人起身斜躺在沙发上。门外过往车辆的嘈杂声,使店铺内的黑暗和寂静反而更加坚固。

她打破寂静说道:"我早就知道了。"

"……知道什么?"

"知道你喜欢我。"

"那为什么……"

"为什么一直装作不知道?"

她低声笑着说。

"因为我觉得你喜欢我已经到不表白也无所谓的程度。"

他将放在她赤裸手臂上的左手的指甲竖起来,在她光滑的肌肤上画了水滴和叶子等毫无意义的纹路。黑暗中,那些纹路很快就消失了。

"你退伍后到我公司找我的时候,我以为你会表白。"

"……确实是为了表白才去的。"

"那为什么?"

他摇头。他不想说,那天下午的她看起来忙得不可开交,看起来过于成熟,看起来笑容有点假。他一直认为,即使那天向她表白了,她还是会像过去一样交往着男朋友,因此他们之间不会发生任何事情。

"店里的活儿有意思吗?为什么辞掉了那家公司?公司不是挺好的嘛。"

为了转移话题,他指着门口置物架上的首饰,敷衍地问道。

"因为结婚五年都没怀上孩子……我想,在家休息的话可能容易怀上。"

她毫不犹豫地回答道,好像也不是什么大事似的。

"当然,现在我很后悔。"

看着她平静的面孔,他沉默了一会儿。好像有什么硬东西堵在了胸口。那些不好再问的问题,他默默忍住了。

似乎读懂了他的沉默,她突然坐起身,然后光着身体站起来,一只手叉着腰陷入了沉思。深邃笔直的脊椎线条显得很流畅。

"你有过那种经历吗?有时候觉得身体里面好像装着一个我完全不认识的人。"

她把扔在桌子上的衣服穿上后,慢慢走过去,打开了工作台上的罩灯。因为没穿牛仔裤,她的腿露在朦胧的灯光下。他用呆滞的目光看着那柔和的轮廓。他忽然感觉很不真实。

"……有一次,我一只手在大衣口袋里拿着水果刀,另一只手拿着手机,坐上了地铁。我一遍又一遍拨打着电话。拨到第五次时,对方才接了电话。"

由于她的声音很低沉,他屏住呼吸倾听着。

"是在建大入口站[1]。我上着楼梯,想从七号线换乘二号线,因为是年底,人很多,挤得摩肩接踵,我对着手机不停地骂,满脸都是泪水。"

她坐到工作台上,受侧面台灯照射的影响,她的影子被放大,映到了白色的天花板和对面的墙面上。

"爬上楼梯,站台上不计其数的人群扎着堆在等待列车的到来,而后面还有人流不断向前面涌来。我站在阳光格外透亮的巨大窗户下面哭喊着:'我要杀了你。我绝不会放过你。我死了,也不会原谅你。'"

她带有自嘲的苦笑在嘴角停留片刻后又消失了。

"坐上地铁后我也一直在喊:'坏蛋。对女人动手的家伙。就算我手上沾血,也要报仇。'在一节车厢喊完后,人们的视

---

[1] 首尔地铁二号线上的一个站名,建大是韩国建国大学的简称。

线让我无法继续停留，于是我穿过摇晃颠簸的车厢通道，走到下一节车厢的角落，然后又开始发飙。手抖得厉害，眼泪止不住地流，人们惊讶地回头看我，不知不觉，我已走到地铁最后一节车厢。已经没有车厢可去了，也没有力气再发飙了。挂断电话，我瘫坐在老弱病残专座上，把脸埋到膝盖上发抖。"

他有些发蒙，勉强能跟上她说话的节奏。这个女人是他认识的那个女人吗？他认为她的告白就像刚才突然发生的性爱一样，那么唐突。在他的记忆里，她是个温柔美丽的女人，任何情况下都不会抬高嗓门，处理事情也很干净利落，她的性格很温和，从来不会跟别人发生冲突。

"……你知道我抖得那么厉害，还一直念叨着什么吗？'你等着，我会杀了你，必须杀了你。'后来听到广播里喊，已到达教大站[1]。门一开，我就跑出地铁。疯狂地跑上楼梯，走出地铁站，敲开了几个月前去过一次的夫妻咨询事务所的门。把我的刀拿给受惊吓的咨询师后，都没来得及听咨询师劝阻，我就从紧急楼梯跑了下去。如果看到窗户，我可能会跳下去，如果我能死，如果我能杀掉某个人，就应该是那天。"

她打了个冷战。他踌躇着站起身，走向她，然后犹豫不决地伸出胳膊抱住了她的肩膀。她的身体很凉，她安静地推开

---

[1] 首尔地铁二号线上的一个车站，教大是首尔教育大学的简称。

了他。

"我去拿被子。"

她走到冰箱旁边,从铁柜里拿出一条毯子。

"一个人睡也挤,但你能陪我一起睡吗?开灯睡,可以吧?我不喜欢黑暗。"

过了十年的现在,他依旧无法违抗她的任何一句话。当盖上毯子,把身体叠在一起躺到沙发上时,他屏住呼吸问道:"是什么时候的事?"

"……三年前。"

她闭着眼喃喃自语。不知为何,他对她有些茫然地害怕,可是他的左手似乎不害怕的样子,从她衬衫里面穿过腋窝,轻轻抚摸起她那疙疙瘩瘩的乳晕来。

"之后没过多久,就分手了,后来也谈过恋爱……但并不容易。真的好久没和男人睡了。我打算再也不和男人睡的。"

"为什么?"

"因为我害怕失去自我……从那天以后。"

她突然侧躺过来看他,她的眼睛在黑暗中又黑又清晰。

"做爱时那种无法控制自己的瞬间,我讨厌那个瞬间。"

*

黑暗的客厅里，孩子的玩具散了一地，沙发上堆着妻子还没有叠好的衣服。他脱掉鞋子，穿过留有妻子和孩子一整天痕迹的客厅。

他小心翼翼地打开卧室门，倾听妻子和孩子安静的呼吸声。他放下包走了进去，弯下腰想伸手去抚摸孩子纤细的头发，可是又停止了手上的动作，看了看侧着身躺在旁边的妻子的侧脸。

上午往家里打电话时，妻子并没有怀疑他因为工作多而熬夜的借口。在短暂的恋爱期里，妻子的性格非常温柔开朗，但不知从什么时候起，除了必要的话，不愿再跟他多讲。他无法想象妻子的日常是什么样子的。看着妻子站在灶台前的背影，他只能偶尔猜测，妻子的日常也跟自己一样疲惫。有时，觉得妻子僵硬的肩膀好像在抑制某种强烈的感情，但是，当她转身，脸上只有冷漠的表情时，他觉得自己的推测很逊色。当天上午，妻子也是用不带感情的声音问他，今天会不会早点回家，听到他说可能不行时，妻子也只是说"知道了"，便挂断了电话。

"……老婆。"

他轻轻叫了一声，妻子没有回答。他发现妻子睡着的侧脸和孩子的侧脸就好像不同尺寸的同一张照片一样。屋子里像坟墓一样昏暗而寂静。因为他太疲倦了，都有点羡慕妻子死一般的睡眠。

他走出来轻轻关上卧室门，然后脱掉衣服洗了澡。想到肥皂泡沫将毫无保留地洗去她的体味，他有些依依不舍，但也感到安心。他从浴缸里出来，将擦水的动作停顿了一下，抬头照了照镜子。用毛巾擦掉白蒙蒙的雾气后，他看到凹陷的眼窝和呆滞的眼睛，还看到有些瘀青的左臂，这是他使出浑身力气用右手去按住才造成的伤。

今天，他几乎什么业务都没处理。当他好不容易拒绝了一个中年男子的贷款申请时，他的左手却抓住了中年男子湿漉漉的手；谈业务时，也是这只左手摘下后辈女职员衬衣前襟上的线头而让双方捏了一把汗；还是这只左手把格外闪闪发光的新硬币执着地举到他的眼前，然后又仿佛是很珍贵的东西一样偷偷塞进了衬衫口袋。

最糟糕的是，当左手自己移动的时候，他根本无法预测它要做什么。像昨天一样，不，可能会发生比昨天更严重的事。因为没有什么是可以确信的，所以他只好先用右手抓住左臂。就在因要挣脱出来的左手手足无措时，电话铃响了，顾客找上门了。为了把左手藏到桌子下面，他使出了吃奶的力气，甚至想到用结实的绳子去捆住左手。他忍无可忍，从座位上起身，向没有人的窗户跑了过去。

出于安保问题,银行的窗户都被改造成了无法开启和关闭的样子。他的左手摸索着阳光照射下的不透明玻璃,仿佛在寻找着缝隙一样,沿着窗户和窗户之间的衔接处拼命地伸展着。就在他的动作不明原因地变粗鲁的一瞬间,他迅速转身回到了座位上。衬衫黏在他湿漉漉的背上。

时间的流动慢得令人窒息。

"哪里不舒服吗?"

"您没事吧?"

同事们和客户们带着厌恶和恐惧的表情质问他,他强颜欢笑地回答。然而,蠕动着的左手和用力抓住左手的右手,却与这个笑容形成对比,反而看起来像狂人一样奇异了。

"要不,你休息到明天吧?"

终于,支行行长把他叫过去说。他急切地回答说:"不用。"而此时他的右手依然紧握着左手。

"昨天的事也是,因为你,搞得气氛很不好。你应该知道合并前有人事调动吧?听说你还有个小孩……"

"对不起,不会再发生这种事了。"

"必要的话,去医院看看。总之,周四开始就以崭新的姿态工作吧。这段时间,因为你为人诚实且在同事间的口碑也不错,所以一直关注你来着……请以挽回的姿态去面对吧。"

他听懂了,支行行长在最后突然改口说敬语,既是最后的警告,也是对他的关怀。

他回到座位上,正收拾着包,听到崔代理走过来,低声问道:"没事了吗?"

他正努力露出平时那种微笑的瞬间,两人的脸同时僵住了。因为他的左手若无其事地抚摸着崔代理的刘海儿。慌忙收起左手,他结结巴巴地说道:"白……白头发,这段时间,多了不少啊。你抱怨说有白色发丝,也不过是几个月前。"

崔代理下意识地向后退了几步。他晃了晃果然泛着几处白光的刘海儿后,嘟囔道:"……去医院看看吧,李代理。"

天还亮着就下班,这还是他入职后第一次有的事。

他将左手塞进裤兜,右手拎着包走了起来。因为没地方可去,漫无目的地坐上公交车后,在离江边很近的车站下了车。他想躺在江边的长椅上睡觉,但这并不容易。

"听说你还有个小孩。"

每次快要入睡的瞬间,支行行长的话就会钻进耳朵里。

他坐上地铁环线转着转着,在建大站下了车,为了去坐七号线还走了一会儿。看到阳光从宽敞的窗户射进来,他和陆续从换乘楼梯挤上来的人们一起再次上了地铁。穿过颠簸的连接通道走到了最后一节车厢。没有看到闲着的老弱病残座位,呆望着虚空的老人们脸色阴沉且沉默。

距离下班时间已经过了许久,在回家的路上,当公交车经过她亮着灯的店铺时,他狠狠地抓住抽搐的左手。直到公交车又开出了两站,左手才停止抵抗。

"这样做不就可以了嘛。"

他不断点着头,嘴里嘟囔道。

"当什么事都没发生过就行,那样做就行了。"

他愣愣地低头看着无力垂下来的左手。因休学、课外辅导和助学贷款而疲惫不堪的大学生活,比那更疲惫且漫长的职场生活,淋着雨被云梯车运下去的新婚家具,都悄悄浮现在他的眼前,片刻后又转瞬即逝。

"到此为止。不要再动了。"

他用右手捋着左手上暴起的青筋,好像在跟熟人说话一样,低声嘀咕道。

视线转向车窗外,成块的黑暗快速游过路灯的间隙,朝着相反的方向奔跑着。他觉得闪烁着的路灯的灯泡像极了巨大的眼球,像在威胁他一样固执地盯着他看。

洗漱台上的镜子再次被水蒸气给弄得模糊了。他用右手抓了抓左手,感觉不到任何的抵抗和抵抗意识。他试着把左手抬起来放到心脏所在之处的上面,感受到了规律性的脉动。而前夜临睡前放在她胸前的左手所感知到的心跳，也静静地重叠到了一起。直到左手突然抬起来擦眼睛时，他才发觉泪水在眼眶里打着转。

他走出浴室，在抽屉里找出内衣穿上，又将挂在书房衣架上的运动服也穿好之后，坐到了床角的一侧。

他觉得太过于安静了。

他的左手旋动起门把手，打开了房门。

他觉得有些口渴。

他走到厨房，喝了一杯水。放了决明子煮出来的水，余味苦涩。

放下水杯后，他的左手拿起了放在餐桌上的门禁卡。

他想出去走一会儿再回来。

他从鞋柜里拿出运动鞋穿上，打开玄关门走了出去。按下电梯按钮，听着电梯从一楼升到九楼发出的机械声焦急地等待着。在夜晚的街道用快步行走的方式足足耗时了四十多分钟后，当他额头沁着汗水叩响她的店铺门时，已经到了近子夜时分。

*

他的左手迎着阳光伸了上去。刚长出来的嫩绿色的小槲树叶在他的头顶闪闪发亮。众多树叶当中的一片树叶被左手触碰到了，感觉好像有什么东西正在渗进左手，而当他把左手拉回时，并没有看到有什么变化。

是风吗？

就像被拉开的橡皮筋又缩回到原位一样，左手从那些叶子中浮了上来。在叶子和树枝的缝隙中静静晃动着的左手，就像在淡蓝色的水中游泳。

"早上散散步真好。真是好久没散步了。"

走在前面的她坐到了山茱萸树下的长椅上，棕色长裙子下微微可以看到像白菜心一样的小腿。就在这点点盛开的黄花下，她朝他笑了笑。

"你说今天是公司的月假，对吧？要不我也关店啊？也好去个远点的地方。"

"……远的地方？"

他坐在她的旁边偷看着她的侧脸。忽然想起她说过的话来，因为无法自控的那些瞬间，所以一辈子都不想做爱。接着又想起果然就是因为无法控制自己而呻吟起来的几个小时前的她来。一想到她像弓一样绷着的腰身和波涛般蓬松的头发，他的身体因再次涌来的肉欲而颤抖。

"很适合你。"

摆弄着他灰色 T 恤的袖子，她笑道。这件衣服本是陈列在店铺墙上的，她找了根长棍子拿下来给他穿上。满墙贴着的 T

恤和透明且扁圆的珠子勾勒出来的是一幅飞鸟的巨幅图案，镶嵌在眼睛处的仿制黑珍珠像是打湿了一样，看起来水汪汪的。在她穿着的白色 T 恤上，有一张用简洁的线条勾勒手法绘制的女人侧脸图案，那上面错落有致地坐着几只用蓝色原石粘上去的鸟。

"我说后悔辞职，但也不完全后悔。一休息就整天在南大门市场[1]转悠，买漂亮的石头做成各种东西然后卖掉。没关系。虽然一无所有，但也不担心，生活简单，心里也舒服……我可能是倒着长岁数。二十多岁的时候，满脑子都是那种想法——工作、存钱、房子、家人，那些要与年龄相匹配才拥有的东西。然而，现在却觉得没有什么是属于我的。时间、金钱、生活……好像都是暂时向谁借来用一样。"

他突然想起很久以前在专科大学剧团里手抓着照明器具较劲儿的某一天。他只在那个剧团待了一个学期，但那可能是他一生中唯一经历过的奢侈。他俯瞰着刚被晨光照耀而变得明显不同的彩排舞台，有种仿佛暂时离开了这个世界的恍惚感，这是此前和此后都没有过的奇怪的喜悦感。负责舞台的她站在他前面，她扭头看向他的那个瞬间，微笑了起来。她用笑容表达

---

[1] 韩国最大的综合传统市场，位于首尔市中心，因毗邻古代皇城的南大门而得名。

了她对照明的赞许和满意。如此可以此处无声胜有声、如此干净利落地传达心意的笑容,他还是第一次见到。当时应该握住她的手才对,在以后很长的时间里,他就在这种自责和后悔中度过。

他的左手慢慢蠕动了起来,紧接着便放在了她的脖颈上,她的手深情地盖住他的手背。沿着她的脖颈到肩膀的柔软线条,他的左手再次蠕动起来。

"痒。"

每当他的左手蠕动起来,她都会忍不住笑出声。他的左手移到了她的腋下,她笑得更大声了。

"喂,停,停下来啊。"

咯咯笑的她,开始挠他的胳肢窝。

他也爆发出了笑声。

"停,停!"

眼里都含了泪水的她,努力避开他的左手,好不容易抓住一次报仇的机会,上来就挠他痒痒,自己又高兴得咯咯笑了起来。

他发狂地搂住她的脸颊吻了起来。他的左手攥住了她的手,他心想着抓住这只手不管去哪里都行,想在阳光最灿烂的下午去最热闹的街道上走走。两人的嘴唇几经摩擦错位又重合。他的左手在她的T恤下摆里面悄悄蠕动着。她轻启双唇,轻声说道:"去你家啊?"

他像被强光刺到一样睁开了眼睛,对视着她那骚动的眼睛。

"店里很吵……去你家吧。"

虽然左手还停留在她的衣服里面,但却像被火烫到了一样,他从长椅上站了起来。

"走,我得走了。"

"去哪儿?"

她带着疑惑撑着长椅的靠背站了起来。

"……你要去哪儿啊?"

他试图要离她而去,可是他的左手非但没有从她的衣服里抽出来,反而感觉着布料缝纫的走线朝向了她的后背,他用右手努力拉扯着已经滑过她笔挺的脊椎轮廓的左手,没头没脑地说道:"我有……有话对你说。有件事还没告诉你……"

"放开手再说。"

当她断然做出了向后躲闪的动作后,他的左手也总算从她的身体上分离开来。他迅速用右手抓住了左手的手腕,勉强又挤出了一两句话。

"我不是故意不说的……只是,我……"

当他发觉再也无法面对她那双瞪得大大的眼睛时,他的左手几乎是扑过来堵住了他的嘴。就在他用右手拼命拉扯左臂的间隙里,被他的奇异动作吓坏的她,赶紧向后退去。

"成镇啊,你怎么了?你在干什么?"

她急忙回头看了看，好像要逃跑或找人帮忙一样。他好不容易才把左手从自己的嘴边拽下来，结结巴巴地说道："对……对不起，因为这……该死的……手，但是我，对你……"

就在这时，犀利的击打落到他的脸上。她那一阵足够撕破他耳朵的尖叫声过后，只见他摔倒在泥地上，鲜血从鼻子中流出来，击中他鼻梁的是他紧握的左拳。

*

医生桌子旁的墙上挂着白色灯箱，上面插着他面部的 X 光片。在暗黑色的片子中，他的白色头骨看上去更像是沉入海底深处的古代骸骨。

和他同龄的医生长得颇帅，身材也是没有赘肉的那种端正型。医生说他的鼻骨没有异样，然后指示他要进行物理治疗，一边在电脑上输入着处方，一边问道："您是怎么受的伤啊？需不需要出具伤情鉴定书啊？"

他犹豫了一下，便吐出了实情。

"其实……不是别人，是我自己弄的。不对，是这只左手弄的。"

他用右手抬起左手，递给医生看。

"从昨天开始就一直不听我的话。因为这个，一切都乱套了。无论如何，都不能再让它动了。我没有时间。明天就要上班了，照这样什么工作都做不了。您能不能把这只手腕弄断？或者，如果能够弄坏左手肌肉的话，左手就不能乱动了……"

医生停下敲击键盘的动作，转身面朝他坐了下来，急着说话的他发出了"啊啊"的低声感叹。

"直接在这上面打石膏吧。那样应该就可以。"

十指紧扣地倾听他说话的医生，表情异常冷静。

"去请朴医生过来一下。"

医生对站在一旁正等着出病历表的、一脸蒙的护士说道。

护士走出诊疗室没多大工夫就和刚才给他拍面部 X 光照片的二十来岁的高个子放射线技师一起走了进来。

医生从座位上站了起来。他也下意识地跟着站了起来。

医生平静地对他说道："李成镇先生，这栋楼的五层有神经精神科，那里的医生是先生可以信赖的人。您过去说一下症状吧，这位先生会给您带路的。"

他感觉身子有些瘫软。

"不，我不需要精神科治疗。只要给左手打上石膏就可以了，也不是什么难事吧？"

他焦急地拿出钱包给医生看，并继续说道："我不是精神失常的人。虽然看起来是……我可以给您诊疗费。"

医生帅气的脸上，露出了不带破绽的冷冷微笑。

"您还是先约谈一下神经精神科。咨询完还想打石膏的话,那时再过来吧。"

"哎呀!"

护士发出微弱的尖叫声。他的左手像皮球一样朝着前方冲了出去,医生飞快地躲开。在他失去重心栽倒的那一刻,放射科技师抓到了他的左臂,貌似有些功力,动作敏捷到一招即将他制服,还牢牢反扣住了他的手腕。

"啊啊,啊,疼……对不起,是这左手……"

膝盖摔到地上的那一刻,他忍不住大声喊道。放射科技师手臂继续加力后他便无法接着说下去了。

被按在地上,趴着吞下呻吟的时候,他无从知晓在放射科技师抓住他的左臂之前,左手冲出去想做的事情是什么?难道是想对着医生那毫无破绽的面孔挥挥拳头?是想抓住对方的领口,还是想抓住医生的肩膀摇晃?或者为了不再看到医生冰冷的微笑而只是去遮挡一下?

他站在那里,看着人行横道的绿灯亮起,绿灯闪烁后熄灭,红灯亮起。身着印有大鸟的T恤和黑色运动裤的他,比起在下班路上系着领带的上班族,看着格外显眼。被放射科技师向后反扣下去的左手腕还很疼。他一边用右手揉着左臂,一边回想起了年轻放射科技师疑惑重重的表情。对于连连低头说可以独自乘坐电梯的他，放射科技师能给予一半的相信，真是万幸。

"真对不起。再也不会有这种事了。"

他最后郑重地行过注目礼后，独自坐上电梯来到了五层，等电梯门一开，他便从紧急逃生楼梯走了下来，为了尽量走远，才走到了人行横道前。

怎么办呢？他在想。是不是应该硬把胳膊折断，然后随便去一家医院打石膏？

医院马上就要关门了，得抓紧时间。不管怎样，现在折断才行。不然只会被当成疯子。那用什么折断呢？在不断思考的过程中，他依然无法相信这一状况怎么就在自己身上发生了呢？

他看到了两个街区距离外的大楼顶上设置的大型折扣超市招牌。他决定不过马路了，而是往那边走。去工具柜台，买锤子打断左手。只有那条路了。

从裤兜里感受到了手机的振动。他掏出手机，是崔代理。

"喂。"

他朝着超市迈着大步，说道。

"李代理，你去医院看了吗？"

"去了，现在在回去的路上。"

"怎么说？"

"说没事。可能是因为睡眠不足……公司那边呢？"

"我现在是到厕所给你打的电话。趁你没上班，申部长就去找支行行长说了什么……感觉不太好。上午支行行长来过你的座位，他刚才叫我过去，让我把你抽屉里的文件全收起来。"

他停了下来。脑海像关了灯一样，顿时一片漆黑。

"该死的，怎么能这样？我们入职到现在，有好好休息过吗？就这么被解雇，该死的申部长到底……"

他刚要回答什么的时候，左手就把他的折叠手机折了起来。当手机再次响起，左手就把它放在了人行道的铺道石上。他似动非动地摇着头，蹲在了手机前。没来得及想用右手去捡的他，只管低头看着一边振动一边到处移动的手机。一阵熟悉的眩晕感袭来。闭上眼睛，眼角内侧一片漆黑，身体像是在旋转一样眩晕。

太缺觉了，更何况从昨晚开始什么都没吃。

他睁开眼睛，咽着干唾沫想。

"得喝咖啡。不，得吃点东西。不，要眯一会儿，哪怕是一小会儿。要清醒过来，要想，要好好想想。"

手机停止了振动，屏幕上显示着蓝色的"未接来电"字样。他伸出颤抖的右手拿起手机，久久地盯着那黑色的画面。打开手机犹豫了一会儿，重新折起来握到手里站了起来。

把最后一盆花放进店里后，她上了门锁。当她正要拉下橱窗的百叶窗帘时，看到他的面孔突然浮现在眼前，她发出了听不见的尖叫声。他背着手站在门口，焦急地等着。"给我开门我就进去，不然我就回去。"他用右手握住准备向门伸出的左手，下定了决心。

门开了。可能是站到了台阶的门槛上的缘故，她瘦瘦的个子显得更高了。她看了一眼他的脸，便大步走进店里。他也跟了进去。

她靠着工作台对着他站着，身子有些微微倾斜。看起来像是用珠子和铝材质的扁状碎片装饰起来的灰色褶皱裙宽松且得体。工作台上放着一条和她穿的一样，只是颜色更深一些的裙子，裙子的装饰像是还没有完工的样子。

"我可以在这里睡一会儿再走吗？"

他润了润干涩的嘴唇问道。

"因为缺觉，什么都想不起来。除了在这里，我都没有像样地熟睡过一次。无法好好想事情。在超市都喝了三罐咖啡……与其去喝咖啡，还不如早点来这里睡觉呢。本来要买的东西也没买成。怎么都没法子好好想事情……这才是最大的问题。"

他觉得刚才啰唆出来的一堆话，完全在半空中挥发掉了，就连她是否真的听到了他说的话都有些不确定。是说得太小声了，还是说得太大声了？她保持着靠在工作台上的姿势，不做任何回应。

"真的对不起。三十分钟，眯三十分钟就走。"

面对着她那张酷似冻僵了的脸，他开始有点窒息。他大口喘着气，说道："知道了，我这就走。"

看到他伸出右手打算去开门，她说道："……问题出在哪儿？"

她的嗓音低沉而慌乱。

"你欲言又止的，到底想说什么？早上做的那一出又算什么？"

她的眼神指向了他那瘀青的鼻子。

"可能你不会理解的。"

他犹豫着一步一步向她走近，左手朝着她额头散落的发丝伸了过去。看到他的右手没有去制止，左手接着又将她的头发捋到圆圆的耳朵后面。她无声，但却固执地扬起了额头，使他的左手从她的面部滑落下来。一阵如刀绞般的心痛袭来，让他的脸抽搐了起来。

"……对不起。"

他艰难地说了一句后便向后退了一步。

"你到底在对不起什么呀?"

"一切都是因为这只手。"

他攥住自己的左手说道。像要回到她的脸颊上,他的左手扭动着正努力摆脱右手加持下的束缚。

"左手不听使唤。因为这只手,一切都变得一团糟了。人也被辞退了。要不是因为这只手,我那天也不会进到这里来……"

她到底还是没有听懂他的话。

凝视一会儿他的脸后,她问道:"就是说,来到这里不是你的本意,对吗?"

"不,不完全是那样,但如果换作平常的话,绝对……"

"绝对不会跟我睡,对吧?"

他没有回答。猛地感觉一阵寒气袭来,他打了个寒战。

"你真的是一个人在过日子吗?"

他没有回答。

"孩子都有了?"

他依旧没有回答。

"是我看错人了。"

她的嘴角泛起苦笑。连这苦笑也消退之后,她沉默了许久,一脸冷冰冰的样子,显得老了许多。就在她开口说话时,他注意到她的睫毛在微微颤抖。

"……成镇,你睡觉的时候打呼噜。其实我醒来好几次看你的脸。有人在我旁边打着呼噜睡觉，感觉很神奇。"

攥着想要摆脱束缚而挣扎的左手，他迟疑着重复了刚才说过的话。

"对不起。"

"结婚的事不算什么，但是为什么要瞒着我呢？"

她用略带尴尬且明朗的语气问道。

"本来是想说的，可是……"

"不容易是吧？"

她像姐姐一样爽快地帮他把话茬连了上去。望向面无表情的她，他感觉到了一种莫名的恐惧，无从知晓她到底在想些什么，那是一种看起来比实际年龄足足老了十多岁的女人的表情。

"那天我提到过的……我要找过去杀掉的那个人，跟那个时候相遇的女人，直到现在都还过得好好的呢。"

她双手用力紧扣起十指，然后又松开，茫然地俯视了好一会儿自己的膝盖。

"我真的是个傻瓜，为什么连性命都要赌上，为什么非要去恢复明知不可能的关系？其实本身就不怎么喜欢这种婚姻生活，反而很多时候都觉得无法再忍受了。就像整个世界用一张网将我网进鸟笼里，哪怕只走出去一步，四面八方就会对我扣下无数看不见的扳机。"

她的嘴角依旧挂着苦笑。

"其实我不喜欢男人，不，是我反感同男人建立关系，过去的三年时间，是我经历七年婚姻后造成的扭曲、折断，最终将接近报废的身子骨重新找回原来形态的时间，我曾无数次下过决心，现在只要能耐得住寂寞……只要不再卷入愚蠢的恋爱之流，就不会重蹈覆辙了。"

她的眼睛像是在看某个重叠在他脸上的人脸一样，带着强烈的感情，闪烁着光芒。

"……对于挣脱过笼子的鸟来说，最可怕的应该是鸟笼本身。去抓这种鸟，遭遇爪子和喙的撕扯是必然的，即便能将这种鸟重新关进鸟笼，恐怕鸟儿也会自己死掉。我的意思不是说你要抓住我不放，如果，我是说如果，万一要是把我抓住了，对你也不会有好处。所以你想得对，没必要说什么对不起的话。"

"……对不起。"

"别再说对不起了，走吧。"

先是他的左手动了起来，他的身子也紧接着跟了上去，试图去抱住她。

她甩开他站了起来，又绕过工作台坐到了椅子上，与冷淡的语调不同的是她那强烈的动作，她的嗓音颤抖着，声调也明显变高了。

"我说过让你走了是吧？所以我才不想再谈什么恋爱，那些不着边际的热情、泪水，那些不像我自己的离谱行为，太过复杂的、已经看破底牌了还要再演示一遍的……既讨厌又腻烦。到此为止吧，请你离开。"

他走到她跟前，踌躇着单膝跪下。

"善惠，你听我说。"

他的左手抚摸起她的头发。他觉得她那双水汪汪而且还泛着亮光的眼睛美不胜收。当她的嘴唇颤抖着张开时，他不顾一切地亲上去并抱住了她。

"你真的听不懂啊。放开我。"

她奋力地甩开他。他清楚地感知到她是在认真地拒绝他。虽然与她的身体是分开了，可是他的左手还停留在她的脖颈上。

"对不起，真的，是因为这只手……"

他试图后退，可是，本来在她的锁骨处来回摸索着的他的左手这回又摸到了她的前胸处，阵阵恍惚的柔软感觉下，他紧紧闭上了双眼。

"不是叫你松手了吗?！"

她刚想从椅子上站起来，却尖叫着瘫坐在了地上。因为他的左手已经伸进了她那蓬松的裙子里。

"疯了吗?！叫你松手呢！"

在她惊愕地退缩时，他的左手拼命地沿着她圆润的膝盖、大腿逆袭而上。她的面孔扭曲起来。

"拜托，不要这样！住手！"

她的嗓音由撕裂演变成尖锐的尖叫声被吐了出来。为了能拉住左手，他的身体也在苦苦挣扎，眼里流下了泪水。

"对不起，对不起，我……"

就在左手触碰到她身体最为温暖的位置的瞬间，锋利如火花般的感觉从他的左侧肩膀上传来，他看到四溅的鲜血，也看到她发抖的手里拿着一把干活用的美工刀。

*

他选择了一条人迹罕至的黑暗街巷朝家的方向走去。由于T恤裹着流血的左肩，这会儿，他上身只穿着背心。疼痛和寒冷使他的脸色变得铁青，走起路来也像喝醉酒一样跟跟跄跄。这么冷的天里还能有口干舌燥的感觉是件奇怪的事情，睡眠，他只需要像在坟墓里一样的睡眠。所有能够看到的事物的表面，似乎马上都变得异常酥脆，纷纷破碎掉落。一位看上去是公司职员的二十来岁的女子，从远处见到他就转身逃出了巷子。他瞪着充血的眼睛，使出浑身的力气，继续走着。

幸好在公寓一楼的玄关和电梯内没有碰到任何人。他在第九层出了电梯后按下了门锁密码。伴随着一声电子提示音的响起,门锁被打开。玄关门被打开的一刹那,他被屋内的亮堂劲儿吓了一跳。妻子通常会在晚上十点之前就和孩子一起入睡,所以几乎没有在午夜时分还开着客厅灯的时候。

他脱下鞋子进了屋。屋内安静得有些反常,客厅是这样,厨房也是这样,冷冷清清,一片沉寂。

过了一会儿他才意识到,一切这样的感觉都是源自房子被收拾得过于干净这一事实,连一个玩具、一粒饼干渣子都看不见。他回头看了看玄关,只有妻子的皮鞋,孩子的运动鞋不见了。他用腿支撑着身子费力地打开了卧室门,屋子是空的。他又走过去打开了书房门,黑暗中他看到了坐在床上的一个人的轮廓。

"……呃,怎么回事?东浩呢?"

他开了书房的灯。

妻子穿着外出服,肩上背着包,坐在那里。

看见他以后,妻子非常惊讶地问道:"你……你受伤了吗?"

"……是。可是东浩呢?"

"今天送到哥哥家了。你这是怎么回事?胳膊,还有脸。"

"日山?为什么要送到那里?"

妻子没有回答他的话,反而像是不敢相信自己眼睛似的继续观察着他的情形。

"不是从公司回来的吗？为什么出门没穿西装？去医院了吗？"

茫然的不真实感涌上了他的心头。

"还是你先说说吧。"

"不，你先说。"

妻子向来平滑圆润的面庞今天看上去格外苍白。因为太过苍白，看起来有些陌生了。看样子在他回答问题以前，她不大会开口，他将重要的剪去后夹杂着谎言说道："被公司炒鱿鱼了。是昨天的事。今天我头脑不清醒。伤口没什么大不了的。"

"……被炒鱿鱼了？为什么？"

"说来话长。"

妻子呆呆地看着他，背包仍旧背在肩上。

"现在该轮到你说说了。"

此刻，他祈求妻子也能剪去重要的部分，夹杂着谎言跟他说。可惜，妻子并不是那样奸诈的人。

"好……我说。你几天都不回家，也不联系，我觉得这已经触碰我的底线了，再忍下去已经没有意义了。"

妻子似乎很紧张，语调急促，眼神里依旧充满着疑虑和混乱。她继续说道："……和只知道工作的你一起生活，我很不幸。你连孩子都不爱，到了周末，就连在形式上陪孩子玩一两个小时的时间里，你也只是躺在沙发上看电视。过去几年，你对我来说就像一台自动取款机，我对你来说，就是一台养孩子和过日子的机器，是吧……如果还不晚的话，我想重新开始。"

"想怎么开始，开始什么？"

咽下干唾沫后，他屏住呼吸，问道。

"像死了一样……就当我是没有自己感情的人，本来看在孩子的分上也想维持这种状态来着。但是今天早上我算是明白过来了。抱着你蜕皮一样脱下来的、带有香水气味的衣服走到洗衣机旁的时候，我再也不想坚持下去了。"

他觉得妻子颤抖的嗓音太过生硬了，这还是那个过去七年时间里一直和他生活在一起的女人的声音吗？他把浑身的气力都集中到了耳朵上。

"这房子如果便宜点挂上去，很快就能卖掉。还清银行贷款后，把剩下的分一分，应该够各自将来缴全税房租的。在那之前，我打算去哥哥家借住。"

瞬间，他的左手捂住了自己的嘴。

"你现在，是哭了吗？"

妻子背着包向他走来。他摇了摇头，往后退。

"公司的事，我也很意外。我现在也很乱……那个伤，真的不用去医院吗？"

左手从他嘴边掉落下来的一瞬间，他为了不让妻子看到连连退了几步。他拼命地攥住说不定就会去干出什么事情来的左手。每当左手想粗暴地动起来时,他就会感到肩膀被撕裂般的疼痛。

"不要靠近我。快走。"

他朝着被吓得瞪大眼睛的妻子吼道。

"走,快走啊!"

他看到妻子的脸吓得僵住了。

他攥着乱动的左手走进了开着门的浴室,用右手锁上门后,跳进了空着的浴缸。右手攥成拳头狠狠地击打在左肩的伤口处,他强忍着不发出惨叫声,在浴缸里就地打滚。就在他缓过气来的时候,传来了玄关门被打开的声音。片刻之后,从他粗重的呼吸声和呻吟声的另一头,再次听到的则是门锁被重新锁上的电子提示音。

*

他拿着从鞋柜抽屉里找到的工具锤,颤抖着站到浴室的镜子前。如果打断左臂,左手就不能再动了,明天早上就会像往常一样上班,无论如何都要保住自己的那份工作,也会重新找回妻子和孩子,会忘掉那个在他肩上插了一刀的她。决不动摇,决不会崩溃,决不会再有失眠,也决不会再有猜忌。

想到触及孩子纤细发丝的瞬间,他深吸了一口气。

"……不可饶恕。"

他扭曲着脸举起了锤子。就在这时,下垂着的左手猛地抓住了右手。他呻吟着试图甩开左手。

"我说过,让你老实待着了……我说过,不要再乱动了!"

左肩的伤口裂开,鲜红的血液一片片漫延开来。左手扭住了右手的手腕,右手攥着的锤子刚好砸到了他的脚背上。他发出了一声嘶哑的尖叫。

"我要杀了你……我一定要杀了你!"

他已变得咬牙切齿了。他喘着粗气,一瘸一拐地要走出浴室,不承想却被浴室的门槛绊倒。他向后伸出右手够到了锤子,然后用攥着锤子的拳头撑着地板,肚皮贴着地板,艰难地向漆黑的厨房爬去。放下锤子坐下后,又摸索着打开了橱柜门,从里面的刀架上拔出了水果刀。

"别动,就这样。"

对着已经停下来不动的左手,他从咬紧牙关的牙缝里迸出话来。

"我能把你砍掉……知道吗?只是把骨头打碎,你应该感到万幸才对。"

他把刀放在伸出右手就能马上够到的地方,拾起了锤子。当他举起锤子时眼睛里泛着亮光。就在这时,左手闪电般跟上来并抢到了锤子,这回变成了右手去扭左手的手腕,锤子掉到了地上，左手手腕的疼痛让他的眉头紧锁。

"我警告过你，我要杀了你！"

他的右手攥住了水果刀。瞬间，左手像蛇一样跃起，扭住了右手的手腕。

"放开……快放开。"

他脸上的肌肉在抽搐，眼看着额头上的青筋都鼓了起来。艰难支撑的右手手腕突然像被折断一样向后弯曲。左手抢过水果刀。

"把那个放下，快点！"

已经分不清是汗水还是泪水了，他的脸颊已经湿透，显得油光锃亮。他的右手扑向了左手。

他气喘吁吁地叫喊道："……快，还不给我交出来！"

就在两只猛兽一样的胳膊使出全力你争我夺的某一个瞬间，撕心裂肺的号叫声撕裂了公寓的寂静。

他的身体倒在了漆黑冰凉的厨房地板上。惊吓中被扎入刀的胸口，像抽泣般颤抖了一阵。从开着的浴室门里泻出来的朦胧灯光浸湿了他的脸颊。充了血的眼角处黏稠的斑点，被沾满鲜血的左手抚摸得通红。

黄纹蝾螈

*

  我曾目睹过成群的鳁鱼从眼前经过。鱼群闪烁着银色耀眼的光芒，游过船舱底部后，很快便不见了踪影，我仿佛出现了幻觉。那转瞬即逝的亮光、抖动、气息、水的寂静等都深深印在了我的脑海里。

  而这就是全部。

*

  "找什么呢？"

  "表。"

  "表？"

  "手表，还有钱包。"

  "怎么突然找起手表和钱包来了？难道要出门吗？"

  我坐到书桌前，反复咀嚼着丈夫刚刚对着我的背影说的话。"难道要出门吗？"这话里话外充斥着不耐烦、忍耐和被克制的敌意，其中也包含了些许轻蔑。我没有答话，而是深吸了一口气，继续翻找着抽屉。

第一个抽屉里，是一些存折、印章和钥匙，所以打开便立即关上了。在翻找第二个抽屉时，发现了两年前的发票、信用卡账单、几张商场积分卡、过期的优惠券，只留下模糊印象的名片，无序地掺杂在里面。

我起身走向客厅。在开着门的浴室里，丈夫正往下巴上涂抹剃须泡沫。

"……要去一趟工作室。"

我回答了他刚才的问题。

透过镜子和我对视的他，表情有些难堪。

"对了，原来我还没和你说啊。"

"说什么？"

"几天前，那里的房东说要涨全税租金，我就说了我们会马上搬走。"

我一时间说不出话来。

"怎么可以……"

我说话磕磕巴巴起来。

"怎么可以都不和我商量一下就……"

"两年前就该这样了。你现在的状态也没法创作，不是吗？这些日子，因为你的治疗费，银行余额都快成零了，所以我很不安。虽然有点晚了,但还是退租吧。"

我不假思索地点了点头,并非被他的寥寥数语说服了,只是一时间十分茫然。我再次问:"但是,怎么可以都不和我商量一下就……

"你说得也对。反正也只是几天前的事,如果非要取消,你直接给房东打个电话吧。"

丈夫的脸色凝固得像块石头。如此严肃的脸上涂满了白色的泡沫,真是有点戏剧性。

为了摆脱他的目光,我走进厨房,坐在空无一物的餐桌前,默默地审视着刻进这个上午安静对话中的某种锋利的异物感——他那张连解释一句都觉得累而快速吐着字的脸、下巴上绽放的白色泡沫,还有边说话边隐藏情绪的两个人低沉且形式化的声音。

我坐在椅子上的时候,他刮完脸,关上浴室灯,走出来穿好衣服,照着玄关镜子打着领带。他为了调整领带长度,解开两次又系上了。

为了送一下拎包出门的他,我朝玄关走了过去。

"有什么事就打电话吧。"

我听到他话语中的漠不关心,以及出于义务而不露声色的伪善。

"路上注意安全。"

我笑着说道。

锁上门，我看向了鞋柜上的镜子。"我刚刚是笑了吗？"

我慢慢挪动步子，又回到了书桌前。我打开第三个抽屉又马上关上了。里面是从大学时期开始收到的信函和明信片、卡片之类的东西。

这回该轮到翻包了。十来个包堆在书桌和墙壁之间。如果说从来不爱打扮和购物的我有个例外的话，那就是买包。背包、单肩包、小型旅行包，布料、塑料加上皮革的，一个个都窝在那里吃灰，早已失去了该有的形态。

我最先打开了曾经最爱惜的青色单肩包。没看到手表和钱包，反倒从拉锁内兜中翻出了五百韩元[1]的硬币和地铁卡。

"这个东西，最近还卖一万韩元[2]吗？"

我用右手拿起了地铁卡。

"里面还会有多少钱呢？"

踩着楼梯下去，经过售票口后，我把卡塞进了闸机。拿起马上吐出来的地铁卡后，我沿着指示牌走去。通过扶梯下到月台，站到了安全线前面。一串金属铃声过后传来冰冷的女声广

---

1 约合人民币3元。
2 约合人民币51元。

播:"列车正在进站。"

"曾站在那里等列车的人,真的是我吗?"

我毫无目的地竖起拇指,沿着地铁票中央的磁条,竖着画了一条线。

*

那条狗现在还活着吗?那条本应死掉的狗,本该被我的车轮碾压得不成形的狗。

两年前的一个早春,周日清晨,我没叫醒熟睡中的丈夫,就走出了家门。走到安静的小区停车场,坐进了因外面的冷空气而倍感温馨舒适的小轿车。我像往常一样抄近道,向工作室开去。驶进新城区外围的田间小路后,为了呼吸新鲜空气,我摇下了两边的车窗。

就在那时,一条大黑狗突然跑到车子前面。我往左边的小溪猛打方向盘,就在快掉进小溪时,又猛打了方向盘。车轮悬在了空中。再一次猛打方向盘后,车子就翻了。

如果再遇到同样的情况,我会选择急刹车,不会为了避开那条狗而疯狂地打方向盘、不会弄翻我的车、不会把左手弄成粉碎性骨折、不会让脊椎出现裂痕。

所有的事情都是带着教训的,我从小就以这种姿态面对生活。一直到三十三岁，每次面对厄运和过失，我都能保持镇定。这多亏了想要洞察一切、吸取教训的思维方式。在医院睁开眼睛后，当得知拉伤的颈部韧带和出现裂纹的脊椎还能恢复，但左手却因粉碎性骨折导致神经受损，已经变得无法康复时，我和平时一样又开始了洞察。我洞察到了我的过失：当时为了停下越来越剧烈晃动的车子，我错误地将自己的左手伸到窗外，抓住了车身。

我的缺点是，幼稚地总想扛下自己无能为力的事，瞬间判断力也不足。所以，要时常保持冷静，有时还得残忍。

我那时才知道，教训是多么可笑。人生不是学校，也不是可以重复的实验。我的左手废掉了，这就是结局。没有什么值得学习和反省的东西，那些没有任何意义。如果再发生那样的事情，我就不会选择去避让那条狗，会咬紧牙关撞过去。但……那样的事情什么时候会再发生呢？

第一个不幸悄悄唤来了第二个不幸。因为流血过多引发身体虚弱，加上过度使用右手，出院后不久，右手的关节也开始出现问题了。严重时，连锅或水壶，甚至马克杯都拿不起来，什么事都要喊丈夫帮忙。

在那些过程中，我还在毫无意义地反省，反省我过度热衷于康复治疗，执着于快速康复后能像已康复的人一样行动。而我要改的习惯是，有时会失去平衡的盲目干劲儿；有了一个任务，至少要完成三个才罢休的模范生脾气；不喜欢给别人添麻烦的精神洁癖。

在结束了近一年物理治疗的晚冬，我成了个不能正常使用双手的人。左手彻底废掉，而右手也仅能勉强支撑最低限度的生活需求。

"再观察一年吧。"医生说道。意思是要让右手再休息一年。他叮嘱，尽量不要做家务，画画就更不用说了，避免抬重物或做弯手腕的动作。还说要注意补充营养、避免压力，也就是要相信人体的自愈能力。

即便是康复以后，也要尽量避免给手带去负担。

然后过了一年，右手依然没有康复。他是个好医生，年轻，不摆架子，关心患者。能遇到这样的医生是幸运的。说起来，这也算是我过去两年里唯一的幸运。

*

有时我感觉自己在水里。我能感受到身体轻微的动作、气息的呼入呼出，还有时间的流动。例如，像是进入了时间的后面一样。因为过于呆愣，电话响了都没有反应过来。直到铃声快断了，我才后知后觉。就算后知后觉了，我也不会想着要站起身或出现"错过电话了！"这种迫切的感觉。不管时间流逝感知起来有多荒诞，所有这一切依然能保持着该有的样子。

那时的我，样子也许像鬼或灵魂出窍的妖精。几天前，丈夫从自己的房间里走出来，看到就那样坐在客厅地板上的我后，惊吓不已。

"你知道我被你吓成什么样子了吗？"

他僵着脸。

出车祸之前，我没那样过。虽说从小就很内向，但内心充实且活力满满。每天早晨都会到小区旁的小学操场上跑八圈。每天翻看烹饪书，变着花样做菜。即便连续工作九个小时，都不会觉得疲惫。

"是因为撞到了脑袋才这样吗？到底是哪里出了问题？你知道你变得有多奇怪吗？"

某一天，丈夫对着我歇斯底里地喊道。那时他的嗓音像是从水的外部传来一样，经折射后撞入了我的脑子里。我的身体像是在鱼缸里，他好像站在把我围起来的水和装着水的巨大玻璃墙外面。他的手摇晃我的肩膀时，我无法抵抗。虽然不粗鲁，但将我推到墙上时，我依然无法抵抗。我只是忽然明白了，原来他很生气，很痛苦。

*

我就这样茫然地凝视着工作台上的一张板子。其实，过了好一会儿，我才反应过来自己在看什么。

我抬起头，将上半身靠到了椅子靠背上。窗外是郁郁葱葱的法国梧桐，我只能看到中间的一部分。这天花板不高的七坪[1]空间里有一扇小窗户，沿着墙的四周层层叠叠地立着画作，围成了一个圈。在入口一侧的拐角处，旧画板快被堆到了天花板。

我来这里花了两年多的时间，如果从那年早春，迎着清新的空气，疾驰在溪边的清晨开始算起的话。

坐完地铁又换乘公交车，终于抵达这里，而这里并没什么变化。小小的商业楼依旧很脏，人也很少。

我沿着没有光线的台阶缓缓上楼，将钥匙插进了锁孔。我忍着手腕的疼痛，转开了门把。打开房门看到的一切，已不是我记忆中的工作室。一切都跟以前一样，却又变得不一样了。

我缓缓走进这布满灰尘且挂着蜘蛛网、充满闷热空气的空间，弓着腰坐在了工作台前的三脚椅上。我看到两年前的车祸前夜，画到一半的旧画板。它还如当时把它放在那里时那样，

1　韩国，1坪约等于3.3平方米。

微微斜着。以为很快就会回来，所以满桌都是胡乱摆放的颜料管。

奇怪的是，比起纸，更吸引我的材料是木头。怎么说呢，那里面似乎蕴含着生命、比人类还要古老的灵魂、气息之类的东西。我想将那无法用言语形容的感受可视化。我致力于把我的画，画成像是别人在数百年前画的一样，涂上仿佛因岁月而褪了色的颜色，又抹上了泛黄的大豆油和松子油。

以那种方式画在工作台画板上的是某个女人的侧脸。虽然是年轻女人的脸，但看上去又并不年轻。往后梳的头发，加上模糊的面部轮廓，像是从20世纪就开始衰老的女人。那是经过无数次反复变形勾勒出来的女人的脸。人们曾这样问我："这是谁啊？是母亲的形象吗，还是你自己的内心写照？"

我画了一张长得不像我的女人的脸。当然也不是母亲。是长相跟我所认识的任何人都不一样的女人，是某个可以永恒的女人，是超越女性的女性，是在岁月的后面老去的人。就是那样。某个可以做到永恒的人，像鬼一样隐隐约约的人，是作为一种痕迹的人，是作为一个影子的人。或者是渗进老宅地板里的、世世代代的人生踪影……

但，我到现在才明白，这个女人的某些地方和我很像。我在等待过去时光中的自己。那个女人是我两年前的渴望，是想进入时间背面的那个我；想淡淡地渗进陈旧地板里的那个我；

想在岁月中慢慢被抹去的,想要像雨雪、野鼠和风中的废弃老宅那样轰然倒塌的那个我。

虽然打开了窗户,但屋内依旧很热。我用手掌擦着额头的汗水站了起来,朝墙那边走去,环视着有些盖着塑料布、有些因灰尘变白了的作品。按一定宽度裁好的松树木板,用钉子钉在一起,再用砂纸打磨、上浆。然后磨出细红砖粉,与粉彩混合出颜色,再亲手榨出渲染沧桑岁月感的大豆油和松子油。即便肩膀酸痛、手指受伤也能用双手双臂搞定这些事情的时候,即便通宵几天专注于这些事情的时候,我也是幸福的。那些幸福是我所拥有的全部。

人即便失去曾视为全部的东西,也可以活下去。两年来,我不再是画画的人,而是患者,是一个男人的累赘,是有时右手恶化到连自己用过的水杯都无法扣在搁板上的毫无用处的存在。

我转身背对这些画作,重新回到没画完的女人的侧脸画板前坐了下来。我为何曾如此热爱这张脸的形象呢?我曾像热衷宗教的信徒一样,有些无法自拔。我是否曾希望就这样安静地沉浸下去?

我不再喜欢这些了。虽然连右手会不会好起来,是否可以重新画画都无法确定,但如果可以重新画画,我会一改这种沉寂的画风,去画呼喊和咆哮。想要弄乱头发、使劲跺脚、想咬紧牙关割开动脉,看喷涌而出的鲜血。这幅画上积存的惊人的寂静、无尽岁月感的平和让我作呕。这种平和不属于我。我已成为另一个人,像死亡一样的空虚、荒地一样的残酷,对我来说反而更觉真实。

我很慢但很果断地伸出右手,将那个陈旧的画板扣了下来。

*

房地产中介所位于商业楼右边的最后一间房。走进敞开的门,整个身材似橄榄球的中年男人在风扇前张开双臂吹着风。听到我的声音,男人将他的大胖脸转过来。

"……我想打听点事儿。"

"请坐。"他用热情宽厚的语气,近乎吼叫般地说道。我轻轻靠坐在黏糊糊的人造革沙发一侧。

"我听说房东把房子挂出来了,有人来看过房子吗?"

我告诉男人工作室所在的楼层和房间号。衬衣的上半部分直接被汗水浸透的男人,扇着塑料扇子坐到了我的对面。他是个很怕热的人。

"现在不是三伏天儿嘛。大白天连只蚂蚁都看不到。像最近这样,真的很难维持生计。"

男人打开黑色封面的账本,故作翻看后,把账本合上了。

"我其实……"我犹豫了一下说道,"其实,我不想退租。"

男人把眼镜向上推一推，眨了眨眼睛。因汗水显得很滑的鼻梁上，银框眼镜勉强维持在原来的位置。

"是吗？合同截止日期是哪一天？"

"十月末左右。房东要涨全税租金，所以我老公好像就说了要退租……我是想租到十月份。"

男人问我准确的全税租金金额后，心里算了算，回答道："只能和房东再商量一下了。虽说这段时间全税租金有所上涨，但房东是有些刻薄了。一般重新签约都多少会给便宜一些。"

我看着他那张露出职业笑容的脸，微微笑了一下。

"话又说回来，那间不通风的房子，哪里好啊？除了这商业楼，我再给您找找其他价格合适的地方啊？"

听到我说可以，男人欣然打开黑色封面的账本，记上了我的名字和家庭电话号码。

"虽然不多，但偶尔会有房子挂出来，您别太着急，等一等吧。"

我走出蒸笼一样的中介所办公室。这时，室外的风也停了，跟室内差不多的热气扑到了我的鼻子上。我用手遮着阳光，慢慢走着。走到通往工作室又黑又闷热的台阶上时，我停住了脚步。

是因为鲲鱼群。

既不是梦，也不是现实，更不是只在梦里才能见到的形象。我闭了一会儿双眼,当再次睁开的一刹那,快要让人双目失明的光球扑面而来。无数闪着银光的点,掀起旋涡经过。早上睁开眼后,确认我昨晚的梦境能够完整地在脑海里重现时,便不想马上起床,而它们也会从我呆滞的眼前经过。很久以前的夏天,曾转瞬而逝的鳀鱼群,会以难以置信的生动感席卷我的眼睛、脑袋和身体。

天气开始变热以后,若不是因为毫无征兆、不分昼夜地扑来的那些东西,我不会在两年后再次回到这里。不会像被什么东西执着地追赶一样,穿上衣服走出家门,换乘地铁和公交车,来看一眼落满灰尘的工作室。

我瞪起眼睛盯着楼梯平台上阴暗的厕所门,再次迈开了脚步。随着我微弱的脚步声,我看着鳀鱼群的残影渐渐变得模糊,直到消失在意识的黑暗中。

*

去年春天的一个晚上,丈夫对我说道:"一般……这个,虽然是没经历过的人不该讲的话,但经历过这种事情后,一般会产生感恩的心吧?只要是接近过死亡的人,都会像重获新生一样赞美人生吧?这才是成熟的人该有的态度吧?"

那时我还不能对他说明,当我的身体在那被掀翻的车子里遍体鳞伤时，某个东西从我的体内蹿了出来，不对，反而是我这一存在，从某个东西里蹿了出来。

以前画画的时候，我感觉自己是脱离人生束缚的自由之身，但发生事故后，我才发觉，当时的我，反而正处于人生的正中央。

而我是一九几几年生人，出生于哪座城市，父母是谁，度过了怎样的幼年期，经历了怎样的心理创伤，等等，这些组成我过去的一切，反而成了空壳。在那之前，我还坐在观众席上，专注于舞台上的话剧，而突然间整个剧场的灯亮了。

灯一亮，想再回到之前是不可能的。我渡过了一条很奇怪且之前从未越过的河。在那部话剧里，哭过、笑过且揪心过的我，已经不再是原来的我了。不能再去讨厌以前讨厌过的东西，比这更糟糕的是，不能再去爱以前爱过的人了。丈夫是，兄弟姐妹也是，甚至连母亲都不能再爱了。

每时每刻我都能体会到人生和自己之间产生的距离。这是我第一次体验到松弛感。凄凉荡漾的情感、爱情、怜悯……幻想和主观性，这些需要所谓"情"的感情都蒸发了。比如看着母亲，我只看到了作为一个女人的她客观的实体。即便有一天那个女人死去，我好像也不会感到悲伤。我甚至都不觉得我是那个女人的女儿。第一次，我在自己的人生里，成了真正的孤儿。

或许我很害怕，甚至都不会想到害怕这件事。

住院第二个月的时候，本就缺乏耐心的母亲经常发牢骚。

有一天化着浓妆的母亲终于说道："我给你贴补些钱，你雇个护工吧。我这体质看来真的不适合在医院。"之后，她便离开了。如果是在事故前，我会以被抛弃的孩子一样的心情去思念她，说不定还有可能羡慕母亲那率真和直爽的个性。这就是三十年来，我的一贯性格。

但是，在那两个月里，我清楚地看到了母亲在明亮的灯光下暴露无遗的品性——轻率、虚荣、缺乏关爱、利己。我恍然大悟，我误会了她三十年。但我也不是只感受到幻灭，诧异的是，我的情感反应更接近褪色的怜悯。仿佛所有人类的情感顺着我的身体流出来，顺着名为怜悯的漏斗掉到身体外，就再也不回来了。那是一种苦涩的体验。

虽然一切看起来都过于清晰，甚至连它们的另一面都看得真真切切，但这并不意味着什么。病房和走廊的亮度、刻在玻璃杯上的斜线角度、陌生面孔上的每一道皱纹、嘴唇和眼睛的微动、嗓音的强弱和颤抖、藏在其间的情感流动及停止、难闻或柔和隐秘的气味和感触，完整地刻在了我的心里，但又像写在半空中的字，很快便消失得无影无踪。这是因为我已无从确定这还是不是我的想法、我的感受，甚至都不能确定我还是不是我自己，无法切实感受到其界限和范围。

由于已经没有能力去雇护工，所以大部分时间我都是独自度过的。四人间的病房内，我旁边的床位随时都在更换主人，都还没熟络起来，我就要麻烦旁边床位患者的家属。为了上厕所，我不得已要借着陌生男人的手。我抛弃了作为一个年轻女人应有的羞耻心。我的身体已不再属于我自己。我的身体就像病床上陈列的实验用肉体一样，我躺在那里，接受会诊，接受每天两次的物理治疗，为了放松肌肉而打吊瓶，定时吞下药物。

总是很忙的丈夫只会在星期天来病房，通常大多数时间也只是趴在我的床头，补充睡眠，然后就回去。我并不孤单。我在回顾我那由无数幻觉构成的人生，确认这些幻觉像映衬在白墙上的全息图像的每一瞬间，就这样又过了两个月。就在腰伤痊愈，终于可以出院的那天，我看到了正午时分首尔街头攒动的人群。在那一刻，我觉得这一切很不真实，我感到惊诧，竟有如此多的全息图像披着肉体这件外衣在阔步行走，同时我感觉到自己对他们的漠不关心。

*

已经过了中午，本应起来去买点东西吃或者回家的，我却只是坐在闷热工作室的三角椅上发呆。饿吗？与其说是饿，不如说是空虚。我踌躇着站起身，深深地弯下了腰，向放在工作台末端的电话，伸出了手。本打算跟往常一样，点一些简单的中餐外卖。但把听筒放在耳边后，才想起来电话已停机很久。

看来我的存折很早以前就没钱了。我又深深地弯了弯腰，想伸出手把听筒放回电话机上，但转念一想，又明白过来那是多余的。于是便把听筒随手扣到了就近的桌面上。

重新坐回椅子上后，我问了自己一句。想要多租三个月或是搬到更便宜的地方，这到底意味着什么？本以为所有的牵挂都已消失，唯独对工作室却还保留着牵挂，这让我很诧异。

我把双手放在了桌面上，低头端详了它们很久。它们看起来还不错。皮肤白皙，骨骼纤细，手指关节还算粗一些，剪得很短的指甲透着粉红色。看起来完全可以创作，可以活蹦乱跳地动起来。

从事故中醒来时，我认为这是不幸中的万幸，并且恢复以后最想做的事情就是创作。对我来说，唯独创作是比世上任何快乐都要紧的事情。那时我才知道，以为自己很喜欢的旅行也只是不怎么重要的事情。而我从心里放弃创作，是在出院后过了许久，知道连右手也废了的时候。

在那之前，我还想努力好好活下去。尽管所见所闻和所记得的一切事物都给我带来了震撼的异物感，但伴其左右的底色总是自己仍还存活于世的安心感，这是绝对不能否认的。早上邻床的家属拉开窗帘时，一下子照射进来的阳光，甚至是用铝托盘端来的满满一碗米饭，有时都会让我感动。

"这下两只手都废了"，这样嘟囔的瞬间对我来说，比那个早春的交通事故更具有决定性,是更可怕的记忆。这就好比一台话剧刚刚落下帷幕,紧接着就从观众席上被人赶出去了一样。令人诧异的事情也紧接着那一刻陆续登场了。勉强压抑着的、激烈且负面的最为原始的情感开始涌了上来。恐怖、后悔、羞耻、愤怒、抱怨、憎恶、委屈、悲惨、杀意,还有就是我只身一人这件事,彻底且理所当然地永远只身一人这件事。

这种状态持续了很长一段时间。最坏的是,当时我已经出院了,所以大部分时间,要么一个人待着,要么只和丈夫两个人在一起。在激烈的情感起伏中,我越来越沉沦。我记得我沉到了最低点,动物性的那个点。甚至会想,痴呆老人的精神世界会不会就是这样?我时常会成为只懂进食、排泄、睡觉的存在,即所谓只剩本能和无意识的存在。

深夜醒来,看着洗脸池的镜子,仿佛我荡漾着无数动物情感的内心,勉强被一层皮肤缝合起来了一样。令人无法置信的是,那细腻的童颜与过去相比,似乎没什么变化。像多利安·格雷的画像[1]一样,在某个黑暗的仓库里,我的面孔也会

---

1 《多利安·格雷的画像》是唯美主义代表作家奥斯卡·王尔德创作的唯一一部长篇小说,亦是其最广为人知的代表作之一。俊美青年多利安·格雷面对好友为其所绘的肖像,竟萌生了让画像代替自己衰老、"用灵魂换取青春"的念头,最终宿命般地走向了堕落与毁灭。在这一离奇而令人心悸的情节背后,王尔德深刻探讨了艺术与人生、美与道德的严肃命题。

变得丑陋扭曲吗？退化和偷偷发狂的痕迹，会完整地刻在我的五官上吗？

"走吧。"

我嘟囔道。我拿起放在椅子旁的包，挎在右肩上，起身离开了这安静到令人窒息的工作室。扭动门把手锁上房门，我顺着漆黑的楼梯走下楼，拖着身体缓缓移向了洒满炙热的七月阳光的户外。

"回家吧。"

就在这时，我忽然感觉胸口像有一块坚硬的块状物。

那里不是我的家，我没有家。这不是我的生活。我感受不到任何情绪上的纽带。对任何地点、任何记忆、任何未来都感受不到有什么牵挂。

在勉强遮住烈日的不高不矮的一棵树下，我等了很久的公交车。脸上流着的汗水、虚弱的双腿带来的一瘸一拐的感觉、垂下来的双手，我注意着自己身体每一个微小的感觉。我还活着，这一瞬间我是活着的，在看、在听、在呼吸。能够明确的是，只有那些而已。只有那些，还留在我身边。

　　到家之前，我看到了丈夫停在3号楼入口旁的车子。因为周一交通拥堵，所以他没有把车开走。一般轿车会反映出车主的喜好，但他的车一点个性都没有。没有小装饰，甚至连座椅套和坐垫都没有，就是刚出厂时的样子。副驾驶上满是加油站给的盒装抽纸、湿巾等东西。并不是因为他的性格过于随意，而是因为我把车子撞得面目全非后，他只能分期付款购置新车。从那以后，日子就不得不过得非常拮据了。

　　我知道，过去两年，不光是我一个人的特别经历。如果我的人生完蛋了，他的人生也就到头了。曾素不相识的两个人，命运却以这种方式交织在一起，也是件奇怪的事。

　　六年前第一次见到丈夫，谈了一年的恋爱后，我们结婚了。很难说是特别热烈的关系，但在出车祸以前，我们惺惺相惜地过着日子。相互说着深情的话，也会深情地聆听，很少会调高嗓门说话。尤其是情到深处时，因为不愿意分开，因为唯一可以分开的理由只有死亡，所以有时还会惧怕死亡。曾经开玩笑地说过如果死了，把两个人火化后，要把骨灰掺在一起。投胎后可能会遇不到他，这种假设还曾令我感到痛苦。投胎后，长相和声音也应该都不一样了，该如何去认出他呢？

　　任何情况的发生都有前提。我们和谐是以我的健康为前提的。前提变了,情况也就会随之改变。这是一个自然的过程。如果我因车祸死掉了的话,我们的深情也不会被玷污,但是我活了下来。我疼到厌倦,他的厌倦感和我一样多,我也厌倦他厌倦我。因为厌倦对方的脸,我们时常默不作声地回避对方的视线。

这个过程里不存在任何不道德和负罪感。这只是理所当然的事情。我已不是从前的我,他也不再是曾经的他,仅此而已。只是一切都过去了而已。就像漂泊到一座孤岛上的两个人,我们缓慢地让对方窒息。就这样挖着再也无法逾越的河。相互之间的关怀、利他的关系、友情、同伴意识,这些都留在了河的对岸。原本就是完全不相干的人,只有这一个明确的事实,留在了此岸。

大概从那个时候开始,我潜到了更深的水域。我一边听着他闷闷的嗓音,一边看着鱼缸外扭曲的世界。"一看到你的脸,我都要疯了。怎么了?你以为我不累,是吗?我犯了什么罪,要经历这样的事?"

"你知道的,我没有手。换作从前,我会主动去爱你,给你捏捏肩,在脚和胳肢窝挠痒痒逗你笑,笑过之后一切不愉快都会消失。一起做你爱吃的豆芽饭,你说,哇,拌饭酱真好吃,就可以了。也不用管是谁先主动,迫切地伸出手,相爱到深夜,就可以了。"

在他没回家的夜里，如果右手严重到无法去烧水，我就会把嘴对到水龙头上，吞咽生水，然后坐在客厅的地板上呆呆地看电视。看了综艺节目、歌唱节目、无数电视剧和新闻后，会像写作业的孩子一样，一字不落地读那些不厌其烦地发来的电视购物宣传单，直至最后一页。

如果我是个有宗教信仰的人就好了。如果我看到有人宗教态度十分虔诚，说不定我就会倚靠那个人。伪善也好，假装也好，要是有人能爱上身子已糟糕透顶的我，我就会倚靠那个人。但在构成人生的所有行为和情感都成为幻觉的那一刻，对我来说，任何可能性都已不复存在了。

有种哪里出错了的感觉，三十年来我活错了，我是以虚假的方式活着的，唯有这种感觉强烈且真实。即便如此，我却全然不知从今往后我该如何活下去。不，连是否想要继续活下去，我都不清楚。

我想怎样活着，希望有怎样的变化呢？我，用这双残废了的手，到底想要做什么呢？

*

在电话铃响第二声之前，我就拿起了听筒。那是因为我坐在客厅沙发上看了一小时的电话。我刚一到家就给工作室的房东打了电话，等了许久，但没能打通。本以为他看到来电后会回电话，所以我没洗澡，也没有洗手，任凭后背和腋下的汗水慢慢晾干。我就那样等着。终于都忘了自己在等电话的时候，电话铃响了。

"喂。"

"嗯，贤英……"

打来电话的并不是房东。年轻女人的声音很是耳熟。

"是贤英吧？"

为了想起声音的主人是谁，我沉默了。好在对方没有用"真的不知道我是谁吗？"这种话，让我掉入散乱的考验。

"是我，素珍。"

我身上的紧张感悄悄散去了。

"……是素珍啊。"

"你的声音听起来有些陌生，所以没敢确定。这是多久没联系了啊？"

慌张了一会儿后，我回想起忘却许久的习惯性亲密，以问候的方式回答道："真是久违啊，你过得怎么样？我应该先联系你的。"

"大的七岁，小的十八个月了。我怀二胎的时候辞掉了学校的工作。养两个男孩子实在太累，所以前不久搬到了娘家附近。之前在学校上班的时候，婆婆帮忙照看大儿子，但她现在身体不太好。"

跟过去一样，素珍的态度还是那么宽厚可亲。只凭她的口音和声音，我就能记起她一成不变的热情与诚实。

"……这样啊。"

因为不知道要怎么接话，我茫然地回答道。

"你不要孩子吗？"

"这个嘛，再过一阵吧。"

"你一点都没变啊。你结婚也有段时间了吧。那，就光画画过日子吗？"

我依然不知道如何作答，便再次沉默了。

"先不提这个。我给你打电话是因为……"

素珍顿了一下。

"你知道吗？我住的社区照相馆里有你的照片哦。"

因为没能马上听懂她的话，我默默竖起了耳朵。

"搬家后第一次去照相馆冲洗底片，谁承想就看到照相馆墙上挂着你的照片。真是又惊又喜。因为老二感冒，忙了好几天，所以没能马上联系你。这才得空想起来，就给你打了电话。本来还担心你会不会搬了家，幸亏电话号码没变。"

素珍平易近人的声音通过耳朵原封不动地流进了我的脑海，只是其中的内容，我一时半会儿不太能理解。

"我的……照片？"

我磕磕巴巴地反问道。

"是啊,看着像是在哪座山上拍的,你没住过这个社区吧?旧基洞。"

"……没住过。"

"那,你认识这边的什么人吗?会不会是一起登山的人在这儿洗的?"

"照片?莫名其妙的旧基洞?山?"她说的所有话都让我感觉不现实。我感受着某种真空状态下才会出现的混沌,勉强梳理着思绪。我问她:"你感觉那照片是什么时候的?"

"你不是有段时间把头发留长后,扎过马尾吗?脸颊上还有肉的样子像是大学毕业那会儿。"

我毫无头绪。

"好奇的话,你来我这边玩吧。趁这个机会我们也见个面,好吗?"

我回忆起素珍那张圆润的脸庞,两颊上还留有深深的痘痕,笑起来眼睛会眯成一条缝。曾喜欢过绘画,但因为需要兼顾一场意想不到的早婚和教职工作,她放下了画笔。最后一次见到她,是在她只有一个孩子,还在当美术老师的时候。

我记下她的新电话号码后,放下了听筒。想到还会有人对我很亲切,我感到很奇怪。居然还有人记得从前的我,以那时候的习惯跟我说话。

我把背靠在沙发上，仔细关注着在我身体某个地方醒来的陌生的感觉。温馨、高兴、喜悦，生出了这一连串情感的细小种子一样的东西。我有些吃惊。过了一会儿，这种惊讶一消失，我便把身子蜷成一圈，侧躺在了沙发上。此时涌上来了比接素珍的电话前更强烈的疲倦感。

*

经历事故和漫长的康复期后，我失去了相当多的记忆。虽不是失忆，但因为忘了一些熟悉的事物或人名、单词，经常出现无法讲很长的话这种障碍，据此推测，忘记的事情估计还有更多，甚至都不知道遗忘了的那些琐事中，会有关于那张照片的事吗？就像路上偶遇的陌生人热情地呼唤我的名字，说自己是我的高中同学一样，我感到了一阵慌乱。

今天一天用手过度了。把所有的箱包翻遍也一无所获后，我又去卧室的梳妆台抽屉翻找起来。结婚时收到的一些饰品和首饰、已经损坏却没有扔掉的几个发夹，还有不能用的吹风机之类的东西，一个个翻找出来，却仍然不见钱包和手表。出车祸的那天早晨，我出门时，分明没有带上这些东西。本打算完成前一天晚上没完成的工作后，就马上回来。没工夫找手表和钱包，因为当时的我沉迷于整晚连做梦都时隐时现的画作图像。

很久以前从印度旅游回来的前辈送我的有着五颜六色花纹的长款皮革钱包还历历在目。一想到明天或后天要亲眼去确认一下素珍在电话里提到的照片，还可以顺便去一趟她家，要找到那个钱包的想法就变得更加强烈了。

我突然停下了手。不可能因为找不到以前的钱包或者手表就不能出门了。今天口袋里不也只塞了两张纸币就去了一趟工作室吗。没必要为了找到那些东西，这样给手添加负担。我那盲目且脑子一热就不分前后的行为方式，又一次跑了出来。因为明白了这些，我一屁股坐到了梳妆台前。幼稚到了极点，经历了那一切，却还是不能控制自己。

当我打算放弃，起身向厨房迈出第一步的时候，想起了丈夫的房间还有个储物壁柜。我犹豫了一下，但还是选择进入了丈夫的房间。打开设计成六十厘米宽的储物壁柜，漆黑的内部满是各种杂物。我意外地在里面找到了我的衣物，都是些随便卷起来且还没洗的开襟毛衫和棉布裤子之类的。我想起这些都是在车祸前，我平日里穿的春秋装。看样子是有人在我住院期间，把放在卧室的衣物扔到这里后，就忘记取出来了。应该是丈夫做的。说不定是因为突然有客人来家里了。

拉出衣物后，下面露出了一个黑色的布包。一段被完全遗忘的记忆，这时才被我从深井里打捞了上来。事发的两天前，我去了趟市里。在平仓洞的美术馆偶遇恩师，便一起喝了茶。在聊天的过程中感觉手表不舒服的我，应该是习惯性地把手表解下来，放进了这个包的某个地方。

因为采光不是很好，我起身先把屋里的灯打开了。拉开包的拉链，在一包纸巾下面我看到了钱包。拿起已被我摸得软塌塌的旧钱包，打开一看，里面装着两张两年前用过的信用卡和公交卡、几枚硬币以及几张纸钞。

这一回我摸索着包的内兜。从突出的形状可以知道里面应该就是手表了。我把它取出来放到了掌心上。这是和丈夫一起在南大门市场，挑选到的中低价位且设计朴素的礼品表。令人感到意外的是，这块表还在走。两根指针指着下午五点，而秒针在悄然转动着。两年来在黑暗的储物壁柜里，在漆黑的包里，手表指针一直转动着，不曾停下。

我把包倒过来，让它把所有东西都"吐"了出来。抹在经常起皮的嘴唇上的唇彩、便携漱口水瓶掉到了地上。一张又白又小的纸片也翻落到了地板上。我捡起了它，知道了那是那天参观展览会的门票。

*

"我找到了。"

"找到什么？"

"手表，还有钱包。"

右手拿着勺子、左手翻着报纸的丈夫停下了手上的动作。

"你要去哪儿？去工作室吗？"

"工作室昨天已经去过了。"

我们的眼神在半空中相遇，我想回避，但我没有回避，而是读着他的眼神中流露出来的情感。虽然不想读，但还是会被读出来。我看向他身后放着洗碗机的地方。那是为了不用这双手，尽量不在家务事上求助他而买下的东西。各种小碗用洗碗机洗，熨烫就交给洗衣店，抹布准备好几张后，用洗衣机洗，泡菜和小菜就叫外卖。即便这样，还是有不少事情需要丈夫来做。用扫地机扫地，用抹布擦地，擦电饭锅和平底锅、大锅，将桶装水倒进水壶，往电饭锅里加水，打开我打不开的盖子，拍打晾晒被子，这些日常琐碎的事情让丈夫疲惫不堪。离开自己就做不了家务事，离开自己就无法生存的女人，无法保障明确希望的牺牲，让他疲惫不堪。

"都这样了，还不想退掉工作室？让我扛着这么重的担子，居然还放不下想画画的贪欲？"他用凉透的眼神对我这样说着。

"所以，你想怎么办？"

面对他冰冷的质问，我踌躇地回答道："反正离到期只剩三个月了,所以我跟房东说,让我租满这三个月。"

"你和房东通电话了?"

"昨天晚上很晚时,通上了电话。"

丈夫丢下手中的勺子。

"现在不需要再支付治疗费了,所以也宽裕了些吧。眼下还没到离了那笔全税租金就活不下去的程度,如果有什么急事,我会把房子退掉,但是目前的话……"

"行了,你别说了。"

他甩开报纸起身的气势把刚刚"啪"的一声丢下的勺子碰掉在了地板上,是沾着饭粒儿和辣椒面的勺子。我跪在地上捡起勺子,将勺子重新放回到餐桌上,把他吃剩的饭和我自己还没吃一口的米饭,全部倒回了电饭锅里。"如果不用吃饭也能活下去,这一切应该都不会发生吧?"我把碟子里的小菜盛到保鲜盒里,用水冲了冲要洗的碟子、饭碗和大碗后,放进了洗碗机里,剩下的几个碗盖好了保鲜膜。当关闭天然气阀门时,我听到了重重关上玄关门的声音。

他原本不是这样的人,而是一个心软且深情的人。但他在被磨损,就像轮子一样被磨损。他亲身经历着这样那样的事,这样的过程磨损着他。想必不是只有我和他才会这样。所有人都是这样,一点点被磨损且在不知不觉中变成了光滑的轮子。变得越来越光滑后,有一天早上,刹车突然就失灵了。

*

出院后大概过了一个月，有一次和丈夫去大学街吃饭。那是周末的中午时分。一位身着桃色无袖连衣裙的女人，裸露着白皙的胳膊，在我们前面走了过去。没什么特别诱人之处，但她拥有新鲜美丽的身体。不对，与其说是新鲜，倒不如说是过于平凡的年轻活力，是那种活生生的健康人类身上常见的活力。

我看到丈夫冰冷的视线在那个女人身上停留了许久。那时候因为我还没有恢复健康，所以身上披着长袖夹克，下面穿着颜色暗淡且因为宽松总要掉下来的牛仔裤和运动鞋。长时间没有修剪的长头发有些凌乱，只是用一根黑色的皮绳简单扎一下了事。那时我完全不用化妆品或者香水，头发也用香皂洗。除了实用性，没有任何价值。搭配衣服颜色，是连想都不敢想的事。但比起任何装扮，我这张土色的脸，就先把我们的特殊情况暴露给了所有人。

那时我就已经知道了，我是个很难被爱的人。即便如此，我也不是能把源源不断涌出来的爱之泉水，倾注给他人的人。如果说我曾经还留有一点泉水，那如今只剩下了干枯、干涸的泥地。

我知道，那有我的一部分责任。不对，应该说我负有全部责任。出车祸虽说是不走运,但那之后我的感情、我的行为都是我自己的选择。当生活和我之间的距离发生松动时,像牙龈上的牙齿松动,导致什么都难以咀嚼而难受时,我反而有可能成为一个自由的人,有可能超越一切。那说不定是个很好的机会。就如丈夫所说的那样,可以发现大爱、感恩和喜悦。

但是我不能那样做,不能勉强自己那样做。就像不能勉强捧着肚子笑一样,我无法去爱。我做的是在失去所有的爱以后,没想要重新挽回。好比被水流冲刷的时候,轻易放开抱着的包袱一样。

我不自责这样的自己。我只能朝着眼前可见的道路,真实所指的道路走下去。我要看看自己到底可以走到何处,睁着眼睛——就算以后的某天回望过去,知道了自己当时是闭着眼睛的也无所谓——我也只能睁着眼睛,尝试走下去。

没有别的路,自我欺骗已经行不通了。任何欺骗对我都没有用。因为我拥有了迄今为止从未有过的透明感。之前的我没法这么清楚地看透自己。但现在的我仿佛变成了一条公鱼,可以清楚地看到每一节骨头。任何东西都欺骗不了自己。

*

"真的要来吗?什么时候?"

素珍惊讶且开心地说道。

"今天就去，可以吗？"

"好啊，大概几点？"

"下午吧，三四点钟到。"

"太好了。四点的话，刚好是老二午睡醒来的时间。"

我仔细地询问了去她家的路，在挂断电话后将便笺和钱包放到包里，手表也一起放了进去。我犹豫了一会儿，又将桌子上两年前的展览会门票拿了起来。

是第一代"在日侨胞"画家 Q 的遗作展。她享年九十三岁，一直到去世前从未放下过画笔。年轻时经历过三次结婚和离婚，生养了两个孩子的她，用铁和铝、开出裂纹的玻璃替代画布，在上面画出绝叫中的女人的系列画作后，开始受到瞩目。在对材料和形态、色彩进行了大胆探究后，她在六十岁左右突然转变了创作方法。在日本画纸上用水彩画颜料点出无数颜色的点，创作出了非具象画。为她带来国际性荣誉的就是那些点。在美术馆偶然碰到的恩师，喝茶时说道："那个人还在世时，我去过日本，差点就见到了，但还是没能见上一面。本想一定要拜访一下她的工作室来着。想看看是不是位很了不起的老奶奶啊？"

我记得画册封面上印着 Q 的黑白照片。花白的头发、皱巴巴的脸、变小的眼睛、没牙齿的嘴，矮小干瘪年迈的她，拿着画笔,站在画布前。那时我问过自己一句:"如果我能够长寿,可以做到临死前都这样画画吗?"我没有犹豫便回答:"可以做到。"除了画画,我不曾拥有过别的什么,也没想过要去拥有别的什么。当时我这样盲目且自豪地回答,但现在想起来那就是一种自傲。以为自己到死都可以做所热爱的事情的自傲,以为自己生命中重要的事情都不会发生变化的自傲。

我找遍了可能存放 Q 画册的地方,却仍未找到,想必是在工作室。现在还是上午,离去素珍那里还早,但我没等把运动鞋穿好便急着走出了这个死寂的房子。

*

透过贴有防晒膜的公交车车窗望去,长势茂盛的法国梧桐正向车后方流动。想抄近道去工作室的话,要经过一片城市外围的田野,但公交车的路线却最大限度地连接着已开发地段。我向外看着在巨大的招牌下打着遮阳伞、用手帕擦着汗的过往的行人。

看到有个人背着背包上了车。是一个脸部看起来精明强干的年轻女人。"是去旅行吗?"我在想。这辆公交车的终点站是长途汽车站。

有段时间我很喜欢旅行。移动的时候,我最能感受到生命的活力。我爱不受任何场所、任何人、任何习惯之约束的自由以及我的执行力。自由、健康和灵感,这些东西相互激励,曾让我的生活充满生机。

我想就是类似这种的力量,正引领着眼下这个女人。就像拥有只有自己才懂的守护神一样,这个女人身上应该不存在所谓的恐惧。女人在前往后面的座位,走过我的身旁时,我把脸转向了窗外。

公交车驶入隧道后,车窗上照出了我的脸庞。刘海儿上长出来的几根白发映入了我的眼帘。这是车祸后突然变多的白发。每当在明亮处照镜子时,就能知道自己的皮肤已经开始衰老了。我不再对两年的时间里有多少东西发生了变化而感到惊讶。驶出不是很长的隧道后,八月强烈的阳光挥发掉了沾在我脸上的黑暗。

闭上眼睛的一瞬间,我突然起了鸡皮疙瘩,折起来的记忆的一角忽然被打开了。我仿佛突然知道了那张照片的来历。

*

从工作台旁边放着的彩色箱子里,我很容易就找到了Q的遗作展画册。我打开了画册。点在韩纸上的数百个点是差不多的明亮色调,但绝妙之处在于给人以从画作背面透出光的印象。这是因为暗色调的点后面点着黄色系的点。我读起画册后面的文字——据说是国内与她交好的一位诗人所写。

> 光线从画面的背面照了出来,是救赎的、升起的、平静的、升华的泪之光。是不同色泽的圆相互叠加起来后,变得更深、更暗的黄色,是就在那个位置上升起来的黄色,是混着水的油菜花色泽的黄色。偶尔有比这更强烈的橙色。从远处看,这些画作绝对没有什么威力。但这是越接近越会像幻象般明亮起来,以实体跳出来后扩大,再勾住眼睛和魂魄的黄色光珠。
> 　　是什么驱使她从内部看到这些光,又让我看到这些光的?点着这些如同光之指纹的点,她爱着、抚摸着、沉浸着、凝视着,将自己的灵魂注入了进去,我是不是把自己的灵魂又放在了这上面?

在那下面,我看到了自己写下却完全遗忘了的笔迹潦草的简短文字。"生命的,宇宙的,无限深邃、明亮、轻盈的光,像水一样沁入心田。"

我把画册翻回到前面的部分,又一张一张翻看起来。虽然是小的图片,但已足够唤醒沉睡的记忆。当时通过巨大到占据美术馆一整面墙的作品感受过的震撼,如今又悄悄占满了我的心田。

我看着画册,全然不知时间过了多久。我突然想到,如果是这种画作的话,说不定我也能创作。如果只是在韩纸上一天点出十个点的话,比起像晚年的马蒂斯[1]一样用剪刀剪彩纸,这个应该对手的负担会更轻。

我问自己:"你现在想要做这种创作吗?"

"不想做。"我回答道。

这个世界,这个令人感动的世界对我来说就是一种牵强。我不能这样牵强地超越,不能变美。我发现我在无声地咬着嘴唇哭。

"我,画不了。"

在我有限的记忆里,从很小的时候开始,占据我生命大部分的就是绘画。除了成为画画的人,从没想过要去成为做其他事情的人。我本是懦弱、混乱、没毅力、不成熟的人,但画画克服了一切,牵着我鼻子走。就好比是万能药,作为所有人性弱点的处方,绘画拯救了我。从虚假、懒惰、以自我为中心、卑躬屈膝、浅薄处,将我托了起来。所以在放弃绘画的时候,我直接回落到了低处,那最接近动物的位置,成了只会进食、

---

[1] 亨利·马蒂斯(Henri Matisse,1869—1954),法国著名画家、雕塑家、版画家。他用色大胆,因而被称作野兽派的创始人。晚年出于身体原因开始使用剪刀进行创作,达到极其简练的带有平面装饰性的艺术效果。

排泄、睡觉的存在,仅剩本能的一种存在。

我以前还不知道在没有绘画的情况下,维持我存在的平衡是一件多么不容易的事。我所有的能量都是为了绘画,而在生命中保留且储备起来的一切都只是为了绘画,而保留的状态,便是我作为一个自然人的生活。换句话说,我不曾活着,我不懂怎么活着。

怎么可以这么空?我走过的每一分每一秒,怎么会如此完整地、原封不动地空着呢?就像在看着空荡荡的、漆黑的房间一样。

*

我不知道我已经哭成了那样。当我起身时,发现工作室已经变得昏暗,脸肿着,身体极度无力。打开的画册中,Q的光点上凹凸不平地滴落着我的眼泪。

我慌忙看向电话,几天前被我扯过来的话筒一动不动地趴在桌子中央。我拿起包站了起来。踩着昏暗的楼梯向下走的我,心情有些沉重。至少我不想成为一个没有责任心的人,我一次都没那样活过。我找到了商业街超市里的公用电话。"素珍啊,对不起,今天可能去不了了。""是吗?我等了好久,提前打个电话多好。""对不起,我明天去,可以吗?"

素珍失望的口吻是冰冷的。现在的我厌倦冰冷的事物,如冰冷的失望、隐藏的愤怒。听到她迫不得已地应允后，我放下电话，迎着夏夜尚存余热的空气向前走去。我想起工作室的门还没有锁上，却不想再回去了。

哭泣的尽头反而是种痛快，仿佛渗进体内的所有水分都流出去了。我朝公交车站走去。向家走着，去吃饭，去睡觉。

*

虽然有点暗，但还没到无法分辨事物的程度。我以为我尖叫了，但好像只是呻吟了一下。我看了下床下面，丈夫正轻声打着鼾睡觉。很久以前，为了各自方便，我们俩就这样分开睡了。

我的梦总是重复两个情形中的一个。一个是我行驶在有雾的清晨的路上，一条黑狗跳进了车子的前方。我使劲打着方向盘，车子发生了急转弯。不对，应该踩刹车啊。和车子一起滚向水沟的时候，我就会睁开眼睛，或者更糟糕的情形是在半空中看着我血淋淋的身体的时候，从梦中醒来。另一个是和手有关。有人用枪或凶器威胁我，命令我用双手抬很重的行李。我因为无法大喊"不行"而浑身颤抖着。不能这样，搞不好连饭都不能自己吃了。至少放过右手吧，让它好起来吧。从牙齿打架的寒冷中醒来时，被子盖到脖子处，浑身已被冷汗湿透。

刚才做的梦是第二个。这比第一个的结尾更令人不快。我擦着脸上的汗水，站起来，走进黑黑的厨房，坐在了餐桌前的椅子上。

这是一天中气温最低的清晨。风从屋后阳台开着的窗户吹了进来。站着看，黑黑的树木像漆黑的头发，但坐在餐桌前看，就只能看到末端树叶的轮廓。因风萧瑟，我裸露着的胳膊上起了鸡皮疙瘩。

虽然晚上就已经开始努力思考了，但我无法想起拍那张照片的人长什么样。是十年前，仅一天，只有几个小时记忆的人。应该无论如何也不可能完整地回想起来了。他给我的印象、衣服的颜色、背部的体温、扶过我的胳膊带来的触感、低沉的嗓音……只有这些。不对，就连这些也是模糊残缺的。

*

那是我二十四岁大学毕业那年的四月份。那时还没有举办第一次集体展，也比我认识我丈夫要早得多。我很健康，也很单纯，除了美术补习班的兼职，一个人画画就是我生活的全部。就算只有这些，我也很知足。因为不太懂怎么跟男生交往，我都没谈过恋爱，是一个罕见的没有接过吻的人。

因为我住在可以走着去爬北汉山[1]的水踰里,每到星期天下午,我都会去爬山。我喜欢一个人走路,也想增强体力。直到往返山顶白云台的时间缩短到了两小时四十分钟,我都持续锻炼着腿部力量。每当系好登山鞋鞋带后,通过售票点,且不论步伐缓急,也都可以一次不休息地爬到东大门。

因前一天夜里下了不合时宜的春雪,那天的山路不太好走。随着天气转晴,寒冷也有所缓解,因此路面稀软到登山鞋可以踩进雪里,但背阴处的雪还没化,所以很滑。

偶尔可以看到一群结伴登山的人,但整体上,这个星期天人还不算多。走着走着发现不知从何时起,一个男人一会儿在我前面,一会儿又被我赶超,走在我后面。走到大概一半的时候,看起来像是公司职员的一群人请我给他们拍照。当我按快门的时候,那个男人为了不影响取景,在山坡的后面等着。就在我接受公司职员们的感谢,归还相机时,我与那个男人相互对视了一下。

再之后就是一段更陡峭的斜面。被我甩在后面的男人大步超过了我。也许是登山经验不足,他连连大口喘着气。在我前面艰难地抓着树根之类的东西向上爬的他,忽然看向下面,自

---

[1] 北汉山位于韩国首都首尔北面,其名字意为北面最大的山,其中有海拔836.5米的白云峰,站在白云台顶上,透过云层,首尔市区和汉江尽收眼底。

己尬笑起来。他好像在意我的视线。

　　爬到东大门时,吹来了一阵凉爽的风。这是这条登山路线上我最喜欢的地方。通过售票处后,我第一次坐在东大门的长椅上休息了一会儿。这时,我看到那个男人向一个妇女买了两瓶饮料。那个妇女加价卖着大橡胶盆里装着的离子饮料、罐装咖啡等。男人走到我旁边,坐在了长椅的一端。

　　"要喝这个吗?"

　　"不用了。"

　　"喝吧。"

　　"那就谢谢了。"

　　我用眼神传达了谢意后,接过了罐装咖啡。因为口渴,咖啡既甘甜又清爽。我已经对这个路线熟悉到就像在小区里散步,所以水都不会带一瓶。

　　"您要去白云台吗?"

　　"是的。"

　　"打算从哪个方向下山?"

　　"原路返回,因为我家就在山下。"

　　"啊!"男人点了点头。

　　"所以才没有行李啊。"

　　过了一会儿,男人接着说道:"我打算从这里直接下到贞陵方向。因为家在旧基洞,从贞陵坐公交车会更近。"

"……是啊。"

"其实我没怎么爬过山。但您爬得太好了，所以我努力跟了上来，都没来得及歇一口气。"

这时我才仔细看了男人的样子。白净的脸上没有戴眼镜，个子中等偏低，身材适中，属于略微偏瘦的好看型。我猜他从事的是某种专职工作，记忆中的他拥有人文系或艺术专业的人身上没有的清淡。

"我也就是因为住在这附近，所以每周日都来爬山而已。爬得也没有多好。而且我只知道这一座山呢。"

我学他的说话口吻，使自己的说话方式也变得简洁和谦逊起来。虽说见面时间不长，但我喜欢他的性格。我总是喜欢不夸张和不说谎的内向男。

"可以帮我拍一张照片吗？"

他从鲜红色猎装夹克的内兜里掏出了傻瓜相机。他给我递相机的手有点抖。但这一点也很合我心意。

我站起身，后退两步，拍下了坐在长椅上笑得有些害羞的他。我换了个角度又拍了一张后，便将相机递给他，重新坐到了长椅上。我正在喝着剩下的咖啡，他从椅子上站了起来。走到刚才我站的位置后面，将镜头对准了我。不要拍，我在摆手示意他时，他按下了快门，当我笑出声来时，他又按下了快门。我有些尴尬地转头望向白云台方向时，又听到了快门声。

他回到座位上,将相机放进了夹克内兜。一边摸着自己的咖啡罐,一边说道:"其实我本打算从今天开始进行为期三天的智异山[1]纵向穿越,但因为昨晚突然下雪……"

我本以为他是上班族,难道他时间多到平日里都能登山吗?但是我没能问他这些。我本就不善交际,口才也不好,而那时候更是话少的年纪。大概五分钟的时间里,我们两个人默默地坐在那里,把目光投向了展现在眼前的早春山景中。

"如果要从这里登到白云台,山路会有点险峻吧?"

因为这不像是要纵向穿越智异山的人该问的问题,我不禁笑出声来。

"路有点滑是肯定的,但好在有绑好的绳索。"

"那,我也一起上去看看,怎么样?既然都到这里了……"

我们一同站起身,把饮料罐丢进长椅旁的大塑料袋后,朝白云台走去。他走在了前面。湿滑的路面上,脚似踩非踩着,我靠着抓着绳索的手发出的力,终于爬到了山顶。这时,我的手掌变红发烫,肩膀也隐隐疼了起来。他的脸也涨得通红。

"这么高的地方居然有桥啊。"

他缓着气息说道。

---

[1] 智异山,此山从古代新罗时期就与金刚山、汉拿山并称"三神山"。是韩国名山五岳中的南岳,也是备受韩国民众崇尚的灵山。

"……听说是有个男孩儿从那块岩石爬到另一块岩石上的时候,摔下去死了,所以他的父母修了那座桥。"

我说道。

"要过去看一下吗?"

我和他走过那座小铁桥,望着向议政府[1]方向延伸过去的田野、远处鱼鳞般闪烁的河流。

"早该来这里看看的。"

他说道。他像是在发自内心地后悔。我从他的脸和嗓音中可以感觉到什么。虽然无法明确地说出那是什么,但仿佛是那种很久以来就生活在远离某个中心的人该有的脸,以及边听着自己内心的声音边说话的人发出的声音。

*

从地铁站步行五百米左右后,出现了三岔路口。站在斑马线前,我就看到了素珍说的小型居民楼小区。我走过汽修中心和镜子店、家具店后,在一处巷子口拐弯继续走一段上坡路。到小区正门后,我看了看手表。素珍的小儿子要睡到下午四点

---

[1] 议政府,位于京畿道中央的一座城市,紧邻首尔北部的道峰区,实为首尔的卫星城市,从古至今都是朝鲜半岛由北向南方向进出首尔的必经之地,面积81.54平方千米。

左右才会醒,但现在还没到两点半。我环视着四周。水果太重,所以打算挑一挑孩子们吃的面包。

由于这边的商业街看不到面包房,于是我走进了旁边可以通行车辆的宽一点的巷子。看起来是通往地铁站的近路,那个方向有五六家店铺。看到那里有家面包房,我便向那边走去,突然我停在了一家照相馆前。

住在这个小区的素珍冲洗照片的地方,会不会就是这里?我看着橱窗里陈列的照片。里面的周岁照、毕业照、全家福等,裱在了包着金铂或抛了光的相框里。

我从开着的门走了进去。柜台前没有人,通向里间的门也是开着的。因为通着风,虽说有点昏暗,但也不至于憋闷,要比烈日当头的室外凉快许多。

占据五坪左右的场地里,大部分空间被摄影背景的天蓝色卷帘背景布和放在那前面的古色古香的椅子、照明设施和胶片相机占据。这些东西与取景器抓不到的地方堆起来的杂物形成了鲜明的对照,不禁令人联想到了木偶剧的小舞台。

我环顾了墙上粘着的照片。紧靠门口的照片里拍下了在空荡的圆形体育馆观众席上逆着光并肩坐着的中年夫妇,对面墙上挂着巨幅长白山天池的照片。我的目光停在了以雪景为背景的、表情真挚的少年独照上。

我的脸在那里。

两本大学笔记本大小的相框内，将早春绿绿的树木作为背景的我，笑得非常灿烂。看来我的猜测是对的，就是那个时候的照片。那件衣服，那件因为起了太多球，早在结婚前就扔掉了的古铜色羊毛衫，每当春秋季节，我就会穿着那件衣服去爬山。

"您有什么需要帮助的吗？"

一个身着运动背心，一只手拿着锯，另一只手拿着木制相框的人，从里屋走了出来。不知是不是儿时得了小儿麻痹，他肉眼可见地跛着脚。

他戴着眼镜微笑着的面孔有些眼熟。没过多久我就知道他就是照片中坐在圆形体育馆里的男人。我转过头再次看向那张照片，无论是他的脸还是他夫人的脸，看起来都酷似高中教师一样端正。是那种惺惺相惜了很久，一起变老的罕见的中年夫妇。

我指了指我的照片。

"……那张照片。"

"哈哈。"男店主爽朗地笑了起来。

"我就说好像在哪里见过。"

"请问那张照片是从什么时候开始在这里的？"

"这个嘛，记不起来了。"

他摇了摇头。

"我们入住到这里有十多年了。反正是入住没多久就挂上去的。但您瘦了好多。乍一看都认不出是同一个人了。"

"……因为长了岁数。"

他再次爽朗地笑笑。

"您还记得是谁来洗的这张照片吗？"

他露出了有些茫然的表情。

"不是您交过来洗的吗？"

我稍微换了一种方式，再次问道："是来洗照片的人请您放大的吗？"

"不是，只是我看到后，因为墙太空了……因为笑容很明朗，所以……啊，对了，等一下。"

他像是回忆起什么事情一样，皱起了眉头。

"好像是从长时间没有来取走的照片中选出来的。等一下，我们是春天来到这里的，然后大概是秋天挂上去的。我想起来了。"

"怎么了？"他把鼻梁上的眼镜向上推了推，问道，"有什么故事吗？"

"没有。"我微笑着说道。沉默了一小会儿，我问道："没人来取的照片，您会如何处理呢？扔掉吗？"

"别的人也许会选择扔掉……但我本来就是不喜欢扔东西的人，所以都堆在了某处。但因为是太久以前的事……"

他的脸上泛起了不耐烦的表情。干脆把锯和相框放在柜台上，双手交叉在了胸前。

"那个，我并不是想麻烦您。"我说道，"但您只要告诉我放着照片的地方，我找的时候会尽量不翻乱。"

"您找那个干什么啊？说不定已经扔掉了。费半天劲，说不定会白忙活一场。是那么重要的照片吗？"

我心想："重要吗？其实完全不重要。"

见我不能马上回答的表情过于认真，反倒让男店主有些心动了。他长舒了一口气后站起了身，再次去了里屋。

"……请等我一会儿，我去看看。"

*

我抬头看向挂钟。三点四十五分，第二个箱子连一半都没翻，四点前翻一遍是不可能的了。在那些显影和洗印的时间顺序完全被打乱的信封堆中，我变得越来越疲惫。信封上有日期，但没有记录年份，所以我一看到四月和五月就会打开寻找。单靠右手去翻找，我渐渐感觉到负担，所以会休息一会儿，做一做拉伸。翻找时手腕和胳膊不用做出同时用力的大动作，而是要做出让指关节感到疲惫的小动作。

十年以来都没有取走的胶片，比我想象的多得多。有全家福，也有看似深情的恋人合影，还会看到毕业照、证件照。估计都有各自特殊的缘由，其中也会有单纯忘记取的照片。大概看一下，把看着不像的再次放回去，但凡看到以树或山为背景的照片，我就会仔细看一下。这样一来，心里会怀疑起我是不是已经找到却又放回去了，这样的想法，让我感到更加无力。

就在快到四点的时候，我几乎已经放弃地随手打开一个信封，拿出了照片。当看到绿绿的树木、刚盛开的金达莱花时，我放慢了手指的速度。是一些拍照技术算不上多好的风景照，是用傻瓜相机拍的。仰拍的树木、夹在石缝中的嫩绿的新芽，我在中间翻到了一个男人的面孔。是一张温柔且陌生的脸。我半信半疑地翻到下一张，发现了一个女人的背影。

我直起了腰。

那是我。扎个马尾辫，身穿古铜色羊毛衫和牛仔裤，正在用一只手抓着岩石向上爬。下一张是我坐在长椅上的半身照，再下一张是把镜头拉近后，拍下的我二十四岁的侧脸。鼻梁上的青春痘红红的已熟透，露着牙龈，笑得很是开心。那是一张还没被摧毁过的脸，是没有从噩梦中惊醒后，掀开潮湿的被子起过床的脸。这张脸还不懂如同灰烬一样的冰凉的绝望感。

后面一张又是男人的脸。是我拍的吗？单眼皮，脸很白，人中清晰。我在自己的记忆中搜索着，开始对焦模糊的面孔。面善，不沉重的安静感，淡然的态度。似乎有了一些端倪，我感觉他是个不太寻常可见的人。我有种可以理解他并专心于他的预感，而这却成了最终未能应验的预感。

我把照片放回信封后，撑着酸痛的腰站了起来。照相馆的主人在给四个相框上漆。那四个相框是用砂纸打磨出来的。从进来照相馆后，一直不断的那个嘈杂声便源于此。

我问道："看来您经常亲手做相框啊。"

也许是因为习惯了沉默，男店主惊了一下，抬起头。

"也就是做各种东西而已，主要是因为自己太喜欢动手做一些东西。"

他的回答悄悄刺痛了我的心。他用手背擦了擦额头上的汗水，用下巴指了指我拿着的信封问道："您这是找到了吗？"

"……是的。"

"真不容易啊，还以为您会白忙活一场。"

"我给您钱。"

"算了，这都是什么时候的照片了。您不是说，不是您拿过来冲洗的嘛。"

"那也得给您钱。都已经给您添麻烦了。"

我用沾满灰尘的手，往包里摸索起来。打开钱包，拿出了一张一万韩元的纸钞。在找零钱的时候，我低头看到信封上写着冲洗照片的人的名字——崔仁成，原来他叫崔仁成啊。旁边还写着一串电话号码。我将信封塞进包的深处。往里塞时，指关节阵阵发麻。

"是以前的恋人吗?"

好像实在忍不住好奇心,店主还是问道。

*

丈夫是我的第一个男人。因为我不善于交男朋友,所以我没有"以前的恋人"。和那个人之间的事情,也是在那时候就结束的。应该是回到东大门后,他朝贞陵方向走,我原路下山。就算是对他产生了好感,我应该连要求互留联系方式,以便把照片拿到手的想法都不敢有。当然,前提是如果从白云台下来的路上,在设有绳索的险峻且短暂路线快结束的时候,我没有踩到冰块而漂亮地摔上一跤的话。

本想笑着起身的我,忽然意识到,自己的脚崴了。

"没事吧?"

跟着我一起笑出声的他,走近了我。我尝试再次站起身,低声发出了混着疼痛和笑声的叫喊。

"……寒冬的时候,都没发生过这种事情,看来是崴到脚了。"

"可以走路吗?"

我当然是慌乱的,但他的表情看起来更难堪。我说"当然了"后,踏出脚,却还是马上尖叫着跪到了地上。

他取消了去往贞陵的计划,背起我开始往山下走去。我背着他的背包,他用一只胳膊支撑着我的身体,用另一只胳膊控制着重心。走下陡峭的山路时,他连连喘着粗气。遇上平坦的路面就会休息好几次。背过以后才知道自己身体弱的他,把我放下来后,活动着胳膊,还会用拳头捶一捶腰。我连连说着"对不起,谢谢",但他好像什么都没有说,可能只是笑了笑。有一次,他把我放在人烟稀少的山坡岩石上后,发着"呃"的声音,活动完腰,对着半空低声笑出了声。

"您笑什么?"

"没什么。"

他本想简短地回答,但还是加了一句。

"我从小体弱多病,十一岁时差点死了。家里人都以为我活不成了。如果那时死了的话,就不能这样背您了,想到这些……"

看着他像孩子一样,闪烁着自豪的眼睛,我模糊地揣测起来。他长久以来远离的中心,就是健康,就是拥有健康体魄的人生。我忽然觉得他的视线,有种亲人般的温情。当他再次背起我时,不知为何我的胸部和大腿安静地触碰到他的身体,也不再感到害羞了。

"您每周都来这座山吗?"

从他的后背传来了低沉的声音。

当我说"是"的时候,他把山顶上说过的话重复了一遍。

"有点后悔啊……应该早点来这里的。"

终于走出大山,在"道诜寺"公交站等公交车的时候,他的脸看上去有些沉重,和在山上看到的温馨感截然不同。通向自炊房的平路上,他没有背我,而是搀扶着我一瘸一拐地走了起来。快到巷子口时,正巧遇到了和朋友一起往家走的弟弟。

"这是怎么了?姐姐。"

正当我解释缘由的时候,他放开了我的胳膊,就像我身体的一部分被剥离出去一样,他的体温离开了我。

"那个,等一下。"

还没等我抓住,他已经在点头示意后,消失在了巷子尽头。被弟弟扶着向家走的时候,不是因为脚踝的疼痛,而是因为他如此意外地离去,我连一句话都说不出来。

在脚痊愈之前,我没能再去爬山。当可以正常走路以后,我就开始期待星期天的到来。我想起了他害羞的视线,发抖的手。我明确感受到了他对我的好感。我会在每个星期天差不多的时间段去爬山,每当看到常见的红色猎装夹克,我的视线都会停在他们身上。如果真的喜欢我,是可以在同样的时间段来山上的吧。原来他的心并没有像我一样被对方吸引。当天气热到不适合再穿猎装夹克时,我对自己的直觉和预感的落空感到惊讶,同时感到了深深的失望和无尽的失落。

名字、年龄、职业,统统都不知道的一个男人的形象,在十年之后的现在被重新唤起，完整地待在那个位置。如果我和那个男人之间发生过什么，应该不会留下如此明亮的记忆。我和他分享的是沉默，既不悲壮也不抑郁，只有沉默。正因为不说出来，所以成了刻得更深的温热体温。

从那以后，差不多一年多的时间里，我还是会时不时想起他。会想起那个山坡，那个人迹罕至的岩石上的小憩。然后我后悔了。在他走近我，就要背我时，为什么没能伸出手去抚摸一下他的脸。在他的背上搂住他的脖子时，为什么没能在他那还冒着热气且长着绒毛的脖子上，按下我的嘴唇。

*

像是掐准了时间一样，素珍赶紧打开门。素珍腰上围着自己亲手印染的围裙。这华丽的色彩和大胆的笔法不愧是她。

"快进来，热吧？"

素珍的孩子们吵闹着跑过来，接过了我手上的蛋糕卷盒子。

"孩子们说想吃西瓜，但一直等你来着。"

素珍带头走向厨房。

"这边难不难找？"

"你讲得那么详细，所以……"

"我不是当了八年老师嘛。"

素珍一边切着西瓜一边说道。素珍先将西瓜的中间部分切下来，其形状刚好是圆盘的模样。再切成小小的骰子模样，上面插上两个叉子，西瓜顿时成了美味的蛋糕模样。

素珍今年七岁的大儿子震旭喊着"西瓜蛋糕，西瓜蛋糕"跑了过来，还不会说话的正旭也迈着蹒跚的步伐跟了过来。将装有西瓜的碟子递给震旭后，素珍又开始切大人吃的西瓜，这回切成了大块的扇形，装在了碟子里。

"我们就在这里吃吧。"

素珍坐到餐桌前说道。我和她一起坐下时，看到孩子们在客厅里相互顶着额头，吃得很欢。

"养孩子累不累？"

"当然累了。"

她笑了。

"就算说养孩子累，但没养过的人不懂，养过的人又太懂，所以就没必要向别人提起。"

素珍比以前成熟了许多，性格好像也变得很爽快。但那种爽快是断断续续的，总会隐约显现出背后隐藏的某种苦楚。沉默片刻后，我们开始聊起上大学时的事情和谁过得怎么样、谁又变成什么样了之类的话题。"这样啊，她出国留学了啊。虽然有点晚，但做了很好的选择。""她好像前不久也生了二胎。""嗯，她都发了请柬，却又取消了婚礼，之后就再也没了消息。"

　　脸上和上衣上满是西瓜汁的兄弟俩，拿着空碟子走了过来。素珍的手开始忙活起来了。在我整理碟子和餐桌的工夫，她忙着用抹布擦去客厅地板上洒落的东西，带正旭到浴室洗了洗，重新换了衣服。这些动作既熟练又快速。我忽然意识到素珍的肩膀、胳膊和胸前又圆又凹陷的线条是她无数次抱起又放下孩子们时留下来的痕迹。要是放在从前，我可能不会知道，即使看到了，也不见得能真正看清。

　　在那期间，一个人洗完手和嘴的震旭，从自己房间里拿着什么东西走了出来。

　　"那是什么？"

　　"是我的蜥蜴。"

　　"你在养它吗？"

　　"是的。"

　　用密织的铁网做成的小房子里，堆满了沙子，还种着一棵手指大小的仙人掌。就在这个迷你沙漠里，巴掌那么长的蜥蜴，正瞪着清澈的眼睛注视着我。

　　"哎哟，我因为这个东西，真是的。"

　　素珍一边用干毛巾擦着正旭的脸，一边嘟囔道。

　　"这孩子放着那么多好看的动物不买，非要买这个。说是在百科词典里见过，去年冬天差点被它吓死了。"

震旭把迷你沙漠推到我脚前。像是要给我看什么东西，于是我就和他并排坐到了地板上。他是个小心翼翼的孩子，就像蜥蜴那样，瞪着清澈的眼睛望着我。

"你是想给我看它的前爪，对吗？"

"前爪？"

忙乱地在水槽前走来走去的素珍，向我说明了起来。

"去年冬天，那条蜥蜴不知用了什么办法，就从那里跑了出来。早上起来，就发现不见了踪影。虽说不会咬人，但还是有点别扭啊。为了拿袜子，在打开梳妆台抽屉的时候，粘在那附近某个地方的它，闪电一样跳进了抽屉里。"

素珍的声音像话剧一样变高了。

"慌忙中，我因为太过惊吓，一下子关掉了抽屉，结果它的前爪被切断了。我吓得心脏都狂跳了，震旭又在那儿哭天喊地，蜥蜴又痛得'翻来覆去'……"

震旭笑着用食指指向了蜥蜴，我低下头看向他指的地方。蜥蜴的身体整体上是暗褐色和灰色之间的色调，在前爪上可以看到被切得圆圆的截面。就在这个截面上，长出了比原来的爪子更小的爪子。那是柔软而透明的白色爪子。

"但是，好神奇，正如生物课上学到的那样，真的长出了新爪子。"

我回头望向素珍，她面带微笑地在围裙上擦着手。我又转过头,看向了孩子无言地发着光的脸上露出的自豪。

"它有名字吗?"

我问道。

"叫蝶螈。"

"永远?"[1]

"是的,黄纹蝶螈。"

*

看到素珍从冰箱里拿出五颜六色的东西,我原以为是陶瓷娃娃。当看到素珍将这些东西盛入盘子,又放进微波炉时,我很是惊讶。不久后,呈现在我眼前的是精致到令人惊讶的打糕——青鸟和花、树和小猫。

"这是用胡萝卜、栀子、黑米……还用了一点食用色素做出来的颜色。知道你要来,一大早就和震旭一起做了。"

"这怎么可能……"

本想说一些感叹的话,却因为突如其来的哽咽,没能再说下去。看样子,非要动手去做出点什么的某种火热的欲望,在她体内蠢蠢欲动。

---

1 韩语的"蝶螈"和"永远"发音相同,属于同音异义词。

"无论如何我都舍不得吃啊。"

"没关系,再做就是了。"

素珍将青鸟掰开,放入了像小燕子一样张嘴等着吃的正旭嘴里。

"你也吃啊,快点。"

我没办法,夹起一块浅紫色的野菊花咬了一口。这才知道,原来在精致的打糕里,还放了白色的豆沙馅。

"很美味啊。"

"真的吗?"

素珍的眼睛有些颤巍巍。

就在震旭拿着滑板车去游乐场、正旭在阳台推着玩具车玩耍的时候,素珍打开了客厅的音响——放的是埃里克·帕特里克·克莱普顿[1]的老唱片。一首失去四岁儿子后创作的幽静歌曲缓缓传来。[2]

---

[1] 埃里克·帕特里克·克莱普顿(Eric Patrick Clapton, CBE, 1945—),英国音乐人、歌手、作曲家、吉他手,是20世纪最成功的音乐家之一,也是有史以来最伟大的电吉他手之一,2003年在滚石杂志评选的一百大电吉他手中位列第四,主要代表作品为 *Fresh Cream*。

[2] 原文并未注明歌曲名称,歌曲名应为 *Tears in Heaven*,中文译名《泪洒天堂》。

我把疲惫的身子埋进沙发里，聆听歌词。"时间可以把你拉到谷底，可以让你跪下双膝，让你乞求，让你哀求。"

素珍打破沉默说道："……那个，我小时候喜欢看时光穿梭的电影。只要回到过去，就可以完整地复原当时的空间和状况，我很喜欢这一点。偶尔我会想象，只是这样的机器还没有做出来，只要能回去，那里所有人都活着，也可以见到所有人。"

我问道："你那么想回去的时候是什么时候啊？"

"是啊，也没有特别想回去的时候，却还这样乱想。"

素珍的脸色变暗了。

"反正明知一切都是假的嘛。"

素珍的回答有点像歌词的一部分："终将全部散去，会毫无保留地磨损消逝。"

"你是不是因为长时间照看孩子，没到外面去透透气，所以变抑郁了？"

"……有可能。"

我被吓到了，因为忽然看到素珍用手去擦拭眼角。

素珍迅速起身，拿起了地上的铁丝网房。正在迷你沙漠中缓慢爬行的蜥蜴，对空间的摇晃，做出了敏感的反应。将透明的小前爪紧贴在铁网上，一动不动。

"所以……"我接着问素珍。

"震旭叫它蝾螈吗?"

素珍的脸色好不容易明亮了起来。

"嗯,蝾螈啊,蝾螈啊,好蝾螈啊,吃饭吧,蝾螈啊,睡好了没有啊?前爪重新长出来后,震旭就更喜欢它了。"

由于刚才揉眼睛眼白变红了的素珍,露出了笑容。她和蜥蜴一起消失在了震旭房间的方向。

*

在沙发前的茶几上面,平放着震旭拿过来的已翻开的动物图鉴。虽说色彩华丽,字体也大,但作为儿童书籍来说算是比较厚的,内容说明也多。"我的蜥蜴是这个。"孩子说道。素珍用责备的口吻干涉道:"你的蜥蜴不是这个,种类不同,颜色也不同……看这里,这里写着这个还有毒,被咬到了还有可能会被毒死。""那也是这个。"孩子固执地坚持着。

黄纹蝾螈

火蜥蜴

Fire Salamander

我被一种莫名的力量所吸引,无法从那张照片上挪开视线。要是摸上去会是湿润阴凉的皮肤的感觉，末端分叉，向半空吐着的长长的舌头，肌肉紧实的长尾巴，看似敏捷的四条短腿。

那家伙目不转睛地凝视着镜头，像是马上就要撕开贴着膜的内页，蹦出来似的。"火蜥蜴"这个名字更适合它。它那舌头上会喷出火焰来吗，还是像火一样的剧毒？书上写着，埃及人相信栖息在中东沙漠地区的它，是生活在火焰之中的。这是结合了蜥蜴的再生能力和火的净化能力的一种信仰。

我欣赏了很久，与这动物丑陋的外表相比，显得更加突出的是皮肤的纹路之美。若不是靠近炙热太阳的地区，绝不可能刻画出这种华丽感。是那种接近明亮柠檬色的透明色，很适合成为蝴蝶或白鸟身上、年轻女士丝巾上的震撼花纹。

"黄纹蝶螈。"我自言自语。虽说写着蝶螈只是蝶螈科下面的属名，但这同音异义词的回响微弱地打动了我的心。是那种难以说明为什么和是什么的微弱的心动。

*

"对，和你说的一样，我有时也会变得抑郁，但也不一定是那样。特别是我看着老二的时候，每个瞬间都会惊讶。只要肚子不饿，这孩子就会一直笑，不停地去寻找可以玩耍的东西，充满了幸福和活力。我觉得人在最自然的状态下，就是这样的一种存在。虽说我们曾经也这样过，但之后被编程了，所以我想我们是不是忘记了原有的状态。"

"是吗……但因为记不起来……"

"记不起什么？"

我回答道："记不起来我那么大的时候，是什么样。"

"……记不起来的时光，真的会被装进潜意识里吗？如果真是那样就好了。隐藏着那种自然的状态，能在最需要的时候帮助我们。"

像个全神贯注于重要作业题上的认真的大一生一样，素珍继续着她的发言。我一如既往地喜欢她那好像跟我有些相似的性格。这么看来，她或许没怎么变。

"你想不想重新画画？"

"不想了，不画画反而心里更踏实，就这样活着挺好。"

这样回答的她，脸色却黯淡了下来，这让我有些后悔问了这个问题。我摸索着打开包，从里面取出了信封。

"你说你结婚以后就一直住在这个街道，对吧？"

素珍点了点头。

"你认识这个人吗？"

"这是谁啊？"

我把在照相馆翻找照片的事，还有十年前短暂的相遇，简短地说明了一下。

"嗯……"她微微歪着头答道,"有点眼熟,又好像不认识,真是张平凡的面孔,他应该经常听到别人说好像在哪儿见过。"

"……对吧?"

"但为什么委托了冲洗,却没去取呢?"

我和她同时沉默了一小会儿。

"你能先放在我这儿吗?明天我要见娘家哥哥,到时候帮你问问。"

我把那个男人——崔仁成的一张照片递给了素珍。素珍小心翼翼地问道:"能告诉我,你想干什么吗?这个人,如果可以的话,难道你想见一面吗?"

我没能马上回答。

"哎哟,出大事了,不会因为我,再滋生出什么家庭上的乱子吧?"

因为她纯真的面庞上交织着好奇、期待和担忧,我扑哧一声,笑了出来。

*

在素珍给正旭喂奶的时候,我坐到客厅的地板上,将背靠到了沙发腿上。我闭上眼睛待了一会儿,在不知不觉中睡着了。我在昏昏沉沉的睡梦中，失去了方向。这是哪里？那是谁家孩子的哭声？现在是什么时候？我现在来到了什么时候？好像漂浮在水面，头很晕，心怦怦跳。怎么会这么亮？不清楚是水在闪耀，还是空气在闪耀。我重回十三岁了吗？是十三岁的暑假吗？跟着小叔第一次坐上渔船后，我在摇晃的船头上压低身体，瑟瑟发抖。来到大海中央时，看到耀眼的鳀鱼群从船舱下面游过。是速度很快的光，数不清的光。连船都要被推翻了的感觉。这一切在一瞬间就结束了，而之后水的寂静让人喘不过气。像气泡一样，我的身体开始破碎。时间永远停止了。因为害怕，我在发抖。因为我平生第一次知道了，太过美丽的事物也会成为一种痛苦；知道了它会像钉子或者种子一样，嵌入我的身体。但，十三岁的我还没想到，它会一辈子死缠烂打，蠢蠢欲动；不会知道渴望和绝望，会以无法解脱的紧张感，让我的身体变得浮躁和疲惫。只为消除恐惧和模糊的预感，我把双手笔直地张开后，压在了凹进去的胸口上。因为水面刺眼的反光，我几乎闭着眼睛。为了不吐，我一直咽着口水。当我好不容易睁开被晃到的眼睛时，嘴边沾满白色牛奶的孩子，正在蹒跚着向我走来。他嘴角含着没有任何防备的笑容。

*

这是个长长的夏日，洒下最后的炙热光芒的下午尽头。素珍推着正旭的婴儿车，将我送到了小区的正门。在游乐场玩耍的震旭也骑着滑板车到了我跟前。

"阿姨，吃完晚饭再走吧。"

素珍也真诚地帮腔道："孩子他爸也说，今天很晚才回来，吃完晚饭再走吧。"

"下次吧，我也该回去了。"

素珍依依不舍地拉着我的胳膊。

"那就在小区里转一圈再走吧，这个小区虽说小了点，但后院还算可以。"

我有些受宠若惊，因为被人疼爱是令人陶醉的。对于他们的真诚款待，我有种陌生的久违之感。

来到后院时，从郁郁葱葱的树林中吹来了清爽的凉风。看着震旭在前面滑着滑板车的背影，我和素珍并肩走着。正旭咿咿呀呀地说着听不懂的话，用小脚踢着婴儿车的架子。我抬头看着茂密的树木，突然惊讶了。因为逆光下的树叶形状很是眼熟，是从无数墨绿色圆圈的缝隙中照射下来的阳光。

又走了一段后，我才恍然大悟。

Q画的会是那个吗？是那黄色吗？

和母子三人道别后，我终于坐上了回家的公交车。我在公交车上，一直抬头看绿化树。我看着那些逆光接受着炙热阳光、闪烁的树叶，以及树叶的许多圆圈。

*

像往常一样，丈夫没回家也没联系我。从开着的阳台门听到警卫室的收音机里传来的九点新闻背景音乐前，我一直都在看那个男人——崔仁成拍的照片。天空和树、被光线照射的树叶、我拍的他的侧影、三张我的照片、被冰覆盖的岩石缝里嫩绿色的芽和他那冒着热气的脖子、白皙皮肤上的绒毛、想要把嘴唇印在那里的瞬间所带来的茫然，重叠在了一起。

那一切都曾安静地在那个照相馆落满灰尘的箱子里睡着，就像我的手表在黑暗中两年多都没有停下来，安静地走着的秒针一样。

想见他，我这样想着。我想见的不是现在的他，而是那时的他。不对，其实是想见那时的我。想见到那个女人，倔强且一尘不染，还不成熟的那个女人。然而，很意外，我却像被火烫到一样悟到了自己，那个不想回到那时候的自己，还有已经知道回到懵懂年代再无可能的自己。

我将酸痛的手指揉搓在我温暖的脖颈处。那时我才明白，如果我要在这个世上，以一个有爱的人重新活下去的话，复活我身体里已经死去的部分是行不通的，因为那些已经永远死去。

要让她完整地重生才行，要从头开始学。

正是这种无以言表的茫然，才使得我想去见现在的他。想见到那个应该已经结了婚，有孩子，已经年近四十，历经十年的风霜雨雪吹打，多少有些沧桑了的他。

我鼓起勇气把电话扯了过来，拨通了照片信封上的电话号码。在拨号音循环响起的时候，我准备着要说的话。是崔仁成家吗？请问，可以告诉我他现在的电话号码吗？如果是他接了电话，我能问出来吗？你的心里还留着那天的我吗？她还活着吗？哪怕只是模糊的形状。

拨号音响了一会儿后，传过来的是区号错误的提示音。直到重复的英语提示音响起，我仍然没放下听筒。感觉有人在向我招手，转身一看，是四楼窗外一片漆黑中一棵树末端的几片黑色树叶，在风中飘摇。

*

我用干毛巾包好加热过的微波炉用热敷袋，翻着右手热敷手指。过了一个小时，热敷袋变凉了。在洗手盆里接了热水后，我把右手泡了进去。

早上我没能洗头。当然，饭也没能做。

"今天手的状态不好。"

还没有完全睡醒的丈夫刚要走到餐桌前，听到了这句话。他的脸瞬间凝固。他看我的眼睛里，露出了责备和轻微的蔑视。

"真的做不到吗？那个，真的做不到吗？"

以前他这样问过。一边帮我把扣着的杯子翻过来，一边难以置信地追问道："真的做不了这个动作，是吗？"而事到如今，他不再这样问了，只会拖着冰冷又疲惫的面孔，将淘完的米放进电饭锅后，自己一口不吃就出了门。

在空房子的寂寥中，我弓着腰将手泡在了洗手盆的水中。一旦临近中午，炎热就会重新肆虐起来。多亏了热水，浑身上下开始出汗了。我盼着这份热气能把血液循环起来。我在眼前画出红色的血管，想象着将双手浸泡在了光里。我画着火焰般的光线滚滚而来，填满血管，画着无数沸腾的红色血细胞，画着借用这份力量让受伤的手部关节重获新生的画面。我怀着迫切的心情，全神贯注地画着。

因肠胃功能障碍和排斥反应，我放弃了吃药，为了接受韩方治疗，也辗转过许多地方。但无论哪一位知名医生，都没能治好我的手。仅仅翻找一天包和抽屉、照片箱子就会被搞坏的手，我能用这手做什么？因为要在纸上写字，所以学业是无法继续下去的,更别说上班了,连一个小店也不能自己一个人经营。我曾经下过这样一个带有自嘲意思的结论:如果能唱好歌的话,那倒是不会用到手。

其实手就是那样一种东西,几乎是一个人的全部。我虽然一直都在努力成为独立、坚强的人,但用不了手的我,是个没有一点经济能力的人。我未曾怀疑过自己的宿命,相信直到死之前自己都会热衷于画画,如今却沦为了年仅三十三就已折断画笔的人。曾不想给任何人添麻烦,却成了至亲痛苦的负担。而这只是因为我活着。

我就这样变得更加渺小,被进一步抹去和压碎。但奇怪的是,相对于一切都被压碎,我的感觉反而越来越清晰了。我感受到像生鱼片刀一样敏锐且之前不曾有过的眼睛、耳朵、鼻子、皮肤和舌头上的感觉。还感受到比这些更清晰,但无法命名的感觉。这既不能说是来自肉体上的,也不能说是来自灵魂上的,是两者之间无法分离的某一处延伸出来的触手,是迫切到可怕的触手。

从洗手盆排水口放掉已经不热了的水之后,我走进了卧室。我忍着酷暑,流着汗去酝酿睡意。因为除了睡觉,已经无事可干。黄昏时分,我醒了一下,右手握了握拳,看看有没有好一些。每一个指关节都在隐隐作痛。我再次闭上了眼睛。我想长时间不醒来。

但不是永远,至少现在还不是。

*

白白的一大片,再次扑了过来。这次离得非常近,占满视野的一条条鱼,在那儿扑腾,鱼鳞在闪烁,鱼鳃在开合。一条条透明的鱼,为穿过水流而竭尽全力。它们为了前进,将瘀青的身体撞向坚实的水流,它们在挣扎。

*

被掀翻的车停下滑动前,我还没有失去意识。在没有人烟的清晨的道路中间路段,流了差不多二十分钟的血,在浑身的疼痛、脖子和腰上的疼痛以及比所有这些更可怕的左手传来的疼痛中,我在想,这回算是走到头了。连整理一下人生的余地都没有,只有疼痛、恐惧和不想死的心。

如果经过那里的个体出租车没有发现我的话,我应该就会那样死去。就像突然有一天被主人屠宰的家畜一样,在恐怖和委屈中死去。我有时会想,如果再碰到同样的情况,不管那是什么时候,在面对死亡之险的地方,我会更坚强一些吗?

可以肯定的是,我不能就那样迎接那一瞬间。如果不拼命活下来，不活出真实的话，那么就算再次遇到那一瞬间，除了恐惧和后悔，就没有什么可期待的了。

但那真实是什么呢？当一切都化为幻影和灰烬之后，我能抓住的真实是什么？

那是什么？

在夏夜里的睡睡醒醒间，那条清晨马路上的记忆被我唤醒，全身的细胞对记忆起了反应。现已消失的淤血、沉睡的痛觉开始苏醒。仿佛不是梦境，而是在真实发生着。

*

"有什么事就打电话吧。"

"路上注意安全。"

我今天也没能洗一下被虚汗浸湿的头发。当然也没做饭。丈夫冷漠且刻薄的面孔消失在玄关门外。我放下背着的手，向阳台走去。虽说是八月的阳光，好在还是早晨，还能扛得住。我默默注视着身着短袖衬衫，向车子走去的丈夫有些驼背的背影。早晨开始就是这么疲惫的样子，到了晚上会累成什么样子啊？

读大学时有一天，年过半百的恩师在课堂上说道："无论是谁，都只能拥有自己喜爱的东西。"前后的脉络已被抹去，只有那句话还刻在记忆里。我到了现在才理解那句话的意思。不是丈夫变得不可爱，而是我的爱枯竭了。我的爱一枯竭，我的人生就成了沙漠。因为我的爱枯竭，所以我成了最窘迫的人。现在理解了经常听到的《圣经》里的一段话："即便我能说天使的话语，若没有爱，就成了鸣的锣、响的钹……"

在接到素珍打给我的电话之前，我一直都盯着放在书桌上的手表。它很不容易地挺了过来，但因为六年都没换过电池，所以秒针早晚会停下来。我希望它在明亮的地方，最好是在我温暖的手腕上停下来。

"我问了我哥。"素珍先把要紧的事说了出来。

"其实我之前总感觉很眼熟，来来往往时好像见过。我们小区不是又偏远又不算大吗。据说是我哥的初高中同学，关系倒不是特别近。"

"……是吗？"

我有种莫名的恐惧感。

"我一说他叫崔仁成，我哥就说知道。看到照片后，就说确定是他，一度还曾在一个班级。高中毕业之际，他的家人全都移民去了美国，好像只留下那位哥哥一个人读大学。"

"……原来是这样啊。"

"听说他学习还挺好，好像就职于什么科学研究院。"

"……是吗。"

"单位再好也架不住一个人太孤单，说是九三年还是哪一年，就是刚好遇见你的那个时候，他找了份美国的工作，也跟着移民了。"

听筒还贴在耳朵上的我，蹲坐在了客厅地板上。原来是这样啊。很久以来，无法拼起来的拼图碎片，开始被拼了起来。原来是这样错过的啊。

"但是，还有件令人心痛的事情。"

"什么事？"

"我不是很确定，我哥听到的也是经过了好几个人说的……听说那个人是在一个星期天，帮父母看店铺的时候死的，说是中了强盗开的枪。这事都过去两年多了。"

由于素珍旁边的正旭叫喊着听不懂的话，我很难听清后面说的内容。

"贤英啊，你能听到我的声音吗？哎哟，因为孩子，我这边听不清。怎么说呢……虽说是不认识的人，但听到这样的事情，心里还是不太好受，你也是吧？"

放下听筒后，我呆呆地坐在了那里。

说是两年前，我心里的一个角落开始泛起轻微的波纹，又逐渐平息了。就在我为了站起身，为了重新能走路和运动，用尽浑身解数的那个时候，他死了。

他终究是与我没有任何关系的人，是永远都只会错过的人。对我的记忆,就算那只是形态,也跟着埋入了他长长的睡梦中。连同他的脖颈,还有没能触摸到的绒毛和温暖的肌肤。

从额头上流下的汗珠,顺着太阳穴流了下来。忘却许久的怜悯,悄悄进入我的体内。

这颗安静的心,是从哪里进入的呢?

这想要活下去的心、必须活下去的想法,是从哪里传来的呢?

*

Q享年九十三岁。遗作展画册的附录里,记载了她八十岁时的访谈录。翻译过来的提问,大部分都很长且故弄玄虚,而答复的内容,简短到让对方不舒服的程度。这说明她的性格不太随和或不善于交际。

"您的创作经历了好几个阶段才走到了今天。这无数的光点无疑是美丽的,但也有一些评论说,这失去了您初创时期展现出来的明确而凄惨的号召力。请您说一下,是经历了哪种内在过程后,转变成了这样的形态。"

"不是的,没有失去什么。都在这里。"

"都在这里,代表着什么,我好像有些听懂了。不管怎么样,目前的创作更让您感到满意,是这样吧?"

"不是的，完全不是。当然，从前也完全不是。"

"您会因为这个而感到痛苦吗？"

"当然，但时间会解决的，我在期待。"

八十岁的她怀揣着的期待，特别是要通过时间来证实的期待，让我想到她唯一较长的回答是关于色彩的。

对于黄色，她说道："黄色是太阳。不是早晨，也不是傍晚的太阳，是大白天的太阳。一个扔掉了神秘和深邃感，以最新鲜的光粒子组成的最轻的块状物体。想要看到这个，就需要选择在白天看。我是说，想要经历它，想要经受住它，想要被它举起……想要成为它的话。"

我抚摸了一会儿工作台上的那些亚克力颜料管后，开始准备调色板和水。洗好画笔，拧开落了灰的粉彩瓶盖，用各种方法调配黄色系的颜料，直到称心的色彩出现。

终于找到了想要的颜色，但不是像 Q 那样升华的亮黄色，是比那更耀眼且没有杂质的黄色。我用颜料浸湿双手手掌，在提前铺好的韩纸上面按了下去。左边干瘪且不对称的掌印，被染成黄色后，一缕缕渗进了纸张的纹路中。细画笔沾上同样的颜料，在下面写下了年份和日期。本想再写点什么，但最后还是放下了画笔。

＊

　　无意识中还以为我在自己家，回过神来才发现是在工作室。我趴在工作台上，睡过去了。打开后立起来的 Q 的画册中，无数光圈在俯看着我。大概是因为天快黑了，从西侧窗外斜射进来的低矮阳光，照在了留白处。合上画册时，印刷在背面的 Q 的照片，映入了眼帘。白发老太太正面对着画布。弯弯的腰、没有牙齿的嘴，那是布满深皱纹和细纹的侧脸。

　　我咬着嘴唇，回顾起刻在浅睡中的陌生梦境。我分明看到了我的两个手腕生出来的透明且细小的新手和十根透明的手指。因为刻在我手臂上的亮黄纹很是新奇，我抬起了胳膊。像逆光中看到的树叶一样，我的小臂变成了透明的柠檬色。

　　我站起身。因为起得过于突然，桌子上放着的听筒掉了下去。我没有去管挂在电话线上摇晃的、快要碰到地板的听筒，走到了逐渐暗下来的窗前。

　　走到哪里了？我喃喃自语。还能走多远？我紧锁着眉头。我举起沾上颜料已完全凝固的双手，试着照在了夕阳中。在明显的指骨和关节之间，那些夏末的法国梧桐叶，在无声地扑腾着身体。那是光吗？那是美吗？那是生命吗？我只是伫立在那里，默默地看着。

图书在版编目（CIP）数据

伤口愈合中 /（韩）韩江著；崔有学译. -- 北京：国文出版社，2025（2025.9重印）. -- ISBN 978-7-5125-1760-8

Ⅰ. I312.645

中国国家版本馆CIP数据核字第2024GU9759号

北京市版权局著作权合同登记 图字 01-2024-1051

노랑무늬영원 (A YELLOW PATTERN ETERNITY) by Han Kang
Copyright © Han Kang 2005
This edition arranged with ROGERS, COLERIDGE & WHITE LTD (RCW) through Big Apple Agency, Inc., Labuan, Malaysia.
Simplified Chinese edition copyright: 2025 by Beijing Xiron Culture Group Co.,Ltd.
All rights reserved.

伤口愈合中

作　　者	[韩] 韩　江
译　　者	崔有学
责任编辑	张　茜
校　　对	叶　青
出版发行	国文出版社
经　　销	国文润华文化传媒（北京）有限责任公司
印　　刷	三河市嘉科万达彩色印刷有限公司
开　　本	840毫米×1194毫米　　32开 8.5印张　　　　　　　　162千字
版　　次	2025年4月第1版 2025年9月第2次印刷
书　　号	ISBN 978-7-5125-1760-8
定　　价	58.00元

国文出版社
北京市朝阳区东土城路乙9号　　邮编：100013
总编室：（010）64270995　　传真：（010）64270995
销售热线：（010）64271187
传　真：（010）64271187-800
E-mail：icpc@95777.sina.net